李太白诗集

【中华国学经典精粹】

（双色版）

[唐] 李白 著
潘美晨 注

北京联合出版公司
Beijing United Publishing Co., Ltd.

图书在版编目（CIP）数据

李太白诗集 /（唐）李白著；潘美晨注. —北京：北京联合出版公司，2016.9（2018.7 重印）
（中华国学经典精粹）
ISBN 978-7-5502-8772-3

Ⅰ. ①李… Ⅱ. ①李… ②潘… Ⅲ. ①唐诗—选集
Ⅳ. ①I222.742

中国版本图书馆CIP数据核字（2016）第238766号

李太白诗集
作　　者：李　白
选题策划：宿春礼
责任编辑：高霁月
封面设计：新纪元工作室
版式设计：新纪元工作室
责任校对：付玮婷

北京联合出版公司出版
（北京市西城区德外大街83号楼9层　100088）
三河市龙大印装有限公司　新华书店经销
字数：130千字　787毫米×1092毫米　1/32　5印张
2017年1月第1版　2018年7月第2次印刷
ISBN 978-7-5502-8772-3
定价：19.80元

前言

唐诗堪称中国文学史上最璀璨的星座之一，而其中最耀眼的明星当属李白——一个无须注释的名字，诗仙神韵，千古风流。

李白字太白，号青莲居士，自称“家本陇西人，先为汉边将”（《赠张相镐二首》其二），也就是说其祖籍在今甘肃一带，汉朝将军李广乃是他的先辈。生于唐武后长安元年（701），死于肃宗宝应元年（762），李白的一生恰处于开元盛世到安史之乱这样一个富于戏剧性的时代。由盛转衰的社会中，最激烈的矛盾便在敏感的诗人身上得到鲜明体现。理想与现实，希望与无望，清醒与迷茫，入世与出世，种种矛盾相互交织。于是，在李白留下的近千首诗作中，求仙问道的愿望与建功立业的壮志并存。

诗人的精神秉承决定了他作品的广度和深度。龚自珍曾说：“庄、屈实二，不可以并，并之以为心，自白始；儒、仙、侠实三，不可以合，合之以为气，又自白始也。”不同的思想都在不同程度地影响着李白，从而使他的诗歌内容丰富广博。除求仙、求仕之外，百姓疾苦、边关战事、侠士风骨、山川名胜等主题，也成为他的作品中不可或缺的一部分。

阅读李白是一次精神的驰骋。文思纵横，想象奇绝，情感奔涌，笔端飘逸，这是李白诗歌最鲜明的特征。同时，天然清丽，不事雕琢，亦属难得。后人多有模仿，却往往难掩痕迹。

李白的诗作尤工乐府歌行和五七言绝句，在本书所选的三百余首中占有很大篇幅。歌行体的长短错落正与他自由不羁的性情相符合，绝句的凝练也正体现了他摒弃雕饰、深入浅出的审美特点。

李白将我国的古典诗歌，尤其是浪漫主义诗歌推向了顶峰，并以卓越的成就影响了古今中外一代代优秀文人。如韩愈、李贺、欧阳修、苏轼、陆游、徐渭、黄景仁、龚自珍及近代的郭沫若、闻一多，日本的松尾芭蕉，西方意象派的庞德、艾略特等，无不受过李白作品的感染与启发。

本书选录了李白的重要诗作共三百余首，占其诗作总量的三分之一，由正文、注释及评笺三部分组成。正文以王琦注《李太白全集》为底本，参用相关文献资料，底本有误的个别字句则就径取他本修正；注释则以精炼为主，标注难解词句与文化典故；评笺则精选历代名家的点评，希望能对读者深入理解文本有所帮助。诗无达诂，为不束缚读者自主的鉴赏空间，注释和评笺未做长篇累牍的罗列，仅作为引导，供读者参看。

限于水平，书中难免有疏漏之处，还请方家海涵和指正。

目录

卷一　古风

卷二　乐府

卷三　古近体诗

卷一　古风

其一

大雅久不作，吾衰竟谁陈。《王风》委蔓草，战国多荆榛。

龙虎相啖食，兵戈逮狂秦。正声何微茫，哀怨起骚人。

扬马[①]激颓波，开流荡无垠。废兴虽万变，宪章亦已沦。

自从建安来，绮丽不足珍。圣代复元古，垂衣贵清真。

群才属休明，乘运共跃鳞。文质相炳焕，众星罗秋旻[②]。

我志在删述，垂辉映千春。希圣如有立，绝笔于获麟[③]。

【注释】

①扬马：扬雄和司马相如。 ②旻（mín）：天空。 ③绝笔于获麟：《史记·孔子世家》载：鲁哀公十四年（前418），鲁人猎获麒麟，孔子以此为自己将要死亡的象征，哀叹说："吾道穷矣。"传说孔子修《春秋》至此年而绝笔。

其二

蟾蜍薄太清，蚀此瑶台月。圆光亏中天，金魄遂沦没。

䗖蝀[①]入紫微，大明夷朝晖。浮云隔两曜，万象昏阴霏。

萧萧长门宫，昔是今已非。桂蠹花不实，天霜下严威。

沉叹终永夕，感我涕沾衣。

【注释】

①䗖蝀（dì dōng）：虹。

其三

秦王扫六合，虎视何雄哉！挥剑决浮云，诸侯尽西来。
明断自天启，大略驾群才。收兵铸金人，函谷正东开。
铭功会稽岭，骋望琅邪台。刑徒七十万，起土骊山隈①。
尚采不死药，茫然使心哀。连弩射海鱼，长鲸正崔嵬。
额鼻象五岳，扬波喷云雷。鬐鬣②蔽青天，何由睹蓬莱。
徐市载秦女，楼船几时回。但见三泉下，金棺葬寒灰。

【注释】

①隈（wēi）：山水等的弯曲处。 ②鬐鬣（qí liè）：鱼的脊背和鱼腹上的鳍翅。

其四

凤飞九千仞，五章备彩珍。衔书且虚归，空入周与秦。
横绝历四海，所居未得邻。吾营紫河车，千载落风尘。
药物秘海岳，采铅青溪滨。时登大楼山，举首望仙真。
羽驾灭去影，飙车绝回轮。尚恐丹液迟，志愿不及申。
徒霜镜中发，羞彼鹤上人。桃李何处开，此花非我春。
惟应清都境，长与韩众①亲。

【注释】

①韩众：《列仙传》载：齐人韩终，为王采药，王不肯服，终自服之，遂得仙也。

其五

太白何苍苍，星辰上森列。去天三百里，邈尔与世绝。
中有绿发翁，披云卧松雪。不笑亦不语，冥栖在岩穴。
我来逢真人，长跪问宝诀。粲然启玉齿，授以炼药说。
铭骨传其语，竦身已电灭。仰望不可及，苍然五情热。
吾将营丹砂，永世与人别。

其六

代马不思越，越禽不恋燕。情性有所习，土风固其然。

昔别雁门关，今戍龙庭前。惊沙乱海日，飞雪迷胡天。

虮虱生虎鹖[①]，心魂逐旌旃[②]。苦战功不赏，忠诚难可宣。

谁怜李飞将，白首没三边。

【注释】

①鹖（hé）：一种像雉而善斗的鸟。 ②旃（zhān）：古代一种赤色曲柄的旗。

其七

客有鹤上仙，飞飞凌太清。扬言碧云里，自道安期[①]名。

两两白玉童，双吹紫鸾笙。去影忽不见，回风送天声。

举首远望之，飘然若流星。愿飡金光草，寿与天齐倾。

【注释】

①安期：葛洪《抱朴子·内篇·极言》：安期先生者，卖药于海边，琅琊人传世见之，计已千年。秦始皇请与语，三日三夜。其言高，其旨远，博而有证，始皇异之，乃赐之金璧，可直数千万，安期受而置之于阜乡亭，以赤玉一量为报，留书曰，复数千载，求我于蓬莱山。始皇遣使者数人入海，未到蓬莱山，辄逢风波而还。

其八

咸阳二三月，宫柳黄金枝。绿帻谁家子，卖珠轻薄儿。

日暮醉酒归，白马骄且驰。意气人所仰，冶游方及时。

子云不晓事，晚献《长杨》辞。赋达身已老，草《玄》鬓若丝。

投阁[①]良可叹，但为此辈嗤。

【注释】

①投阁：汉扬雄校书天禄阁时，刘棻（fēn）曾向雄问古文奇字。后棻被王莽治罪，株连扬雄。当狱吏往捕时，雄恐不能自免，即从阁上跳下，几乎摔死。后有诏勿问，但京师纷纷传语：“惟寂寞，自投阁。”

其九

庄周梦胡蝶，胡蝶为庄周。一体更变易，万事良悠悠。
乃知蓬莱水，复作清浅流。青门种瓜人，旧日东陵侯①。
富贵故如此，营营何所求。

【注释】

①“青门”二句：《三辅黄图·都城十二门》：长安城东，出南头第一门曰霸城门，民见门色青，名曰青城门，或曰青门。门外旧出佳瓜。广陵人邵平为秦东陵侯，秦破，为布衣，种瓜青门外，瓜美，故时人谓之东陵瓜。

其十

齐有倜傥生，鲁连①特高妙。明月出海底，一朝开光曜。
却秦振英声，后世仰末照。意轻千金赠，顾向平原笑。
吾亦澹荡人，拂衣可同调。

【注释】

①鲁连：鲁仲连，战国时齐人，高蹈不仕，喜为人排难解纷。

其十一

黄河走东溟，白日落西海。逝川与流光，飘忽不相待。
春容舍我去，秋发已衰改。人生非寒松，年貌岂长在。
吾当乘云螭，吸景驻光彩。

其十二

松柏本孤直，难为桃李颜。昭昭严子陵，垂钓沧波间。
身将客星隐，心与浮云闲。长揖万乘君，还归富春山。
清风洒六合，邈然不可攀。使我长叹息，冥栖岩石间。

其十三

君平既弃世，世亦弃君平。观变穷太易，探元化群生。
寂寞缀道论，空帘闭幽情。驺虞[①]不虚来，鸑鷟[②]有时鸣。
安知天汉上，白日悬高名。海客去已久，谁人测沉冥。

【注释】

①驺（zōu）虞：传说中的义兽名。　②鸑鷟（yuè zhuó）：凤凰的别名。

其十四

胡关饶风沙，萧索竟终古。木落秋草黄，登高望戎虏。
荒城空大漠，边邑无遗堵。白骨横千霜，嵯峨蔽榛莽。
借问谁陵虐，天骄毒威武。赫怒我圣皇，劳师事鼙鼓。
阳和变杀气，发卒骚中土。三十六万人，哀哀泪如雨。
且悲就行役，安得营农圃。不见征戍儿，岂知关山苦。
李牧今不在，边人饲豺虎。

其十五

燕昭延郭隗，遂筑黄金台[①]。剧辛方赵至，邹衍复齐来。
奈何青云士，弃我如尘埃。珠玉买歌笑，糟糠养贤才。
方知黄鹤举，千里独徘徊。

【注释】

①黄金台：相传战国燕昭王筑，置千金于台上，延请天下贤士。

其十六

宝剑双蛟龙，雪花照芙蓉。精光射天地，雷腾不可冲。
一去别金匣，飞沉失相从。风胡[①]殁已久，所以潜其锋。
吴水深万丈，楚山邈千重。雌雄终不隔，神物会当逢。

【注释】

①风胡：春秋时楚国相剑家，精于识剑、铸剑。

其十七

金华牧羊儿，乃是紫烟客。我愿从之游，未去发已白。
不知繁华子，扰扰何所迫。昆山采琼蕊，可以炼精魄。

其十八

天津三月时，千门桃与李。朝为断肠花，暮逐东流水。
前水复后水，古今相续流。新人非旧人，年年桥上游。
鸡鸣海色动，谒帝罗公侯。月落西上阳，馀辉半城楼。
衣冠照云日，朝下散皇州。鞍马如飞龙，黄金络马头。
行人皆辟易，志气横嵩丘。入门上高堂，列鼎错珍羞。
香风引赵舞，清管随齐讴。七十紫鸳鸯，双双戏庭幽。
行乐争昼夜，自言度千秋。功成身不退，自古多愆尤。
黄犬空叹息，绿珠[①]成衅雠。何如鸱夷子[②]，散发棹扁舟。

【注释】

①绿珠：《晋书·石崇传》载：石崇有妓曰绿珠，美而艳，善吹笛。孙秀使人求之，崇时在金谷别馆，方登凉台，临清流，妇人侍侧。使者以告，崇尽出其婢妾数十人以示之，皆蕴兰麝，被罗縠，曰：“在所择。”使者曰：“君侯服御，丽则丽矣，然本受命指索绿珠，不识孰是？”崇勃然曰：“绿珠吾所爱，不可得也。”使者

曰："君侯博古通今，察远照迩，愿加三思。"使者出而又反，崇竟不许。秀怒，乃劝赵王伦诛崇。崇正宴于楼上，介士到门。崇谓绿珠曰："我今为尔得罪。"绿珠泣曰："当效死于官前。"因自投于楼下而死。崇母兄妻子无少长皆被害，死者十五人。 ②鸱夷子：《史记·货殖列传》载：昔者越王勾践困于会稽之上，乃用范蠡、计然……范蠡既雪会稽之耻……乃乘扁舟浮于江湖，变名易姓，适齐，为鸱夷子皮，耕于海畔，苦身戮力，父子治产。

其十九

西上莲花山，迢迢见明星。素手把芙蓉，虚步蹑太清。
霓裳曳广带，飘拂升天行。邀我登云台，高揖卫叔卿①。
恍恍与之去，驾鸿凌紫冥。俯视洛阳川，茫茫走胡兵。
流血涂野草，豺狼尽冠缨。

【注释】

①卫叔卿：《神仙传》载：卫叔卿者，中山人也。服云母得仙，汉元封二年八月壬辰，孝武皇帝闲居殿上，忽有一人乘云车，驾白鹿，从天而下，来集殿廷。其人年可三十许，色如童子，羽衣星冠。帝惊问为谁，答曰："吾中山卫叔卿也。"帝曰："子若是中山人，乃朕臣也，可前共语。"叔卿本意谒帝，谓帝好道，见之必加优礼，而帝问曰"是朕臣也"，于是大失望，默然不应，忽焉不知所在。

其二十

此诗可看作独立三首，也可看作一首三节的游仙诗。

昔我游齐都，登华不注峰。兹山何峻秀，绿翠如芙蓉。
萧飒古仙人，了知是赤松①。借予一白鹿，自挟两青龙。
含笑凌倒景，欣然愿相从。泣与亲友别，欲语再三咽。
勖君青松心，努力保霜雪。世路多险艰，白日欺红颜。

分手各千里，去去何时还。在世复几时，倏如飘风度。

空闻《紫金经》，白首愁相误。抚己忽自笑，沉吟为谁故。

名利徒煎熬，安得闲余步。终留赤玉舄[2]，东上蓬莱路。

秦帝如我求，苍苍但烟雾。

【注释】

①赤松:《列仙传》载:赤松子者，神农时雨师也。服水玉以教神农，能入火自烧。往往至昆仑山上，常止西王母石室中，随风雨上下。炎帝少女追之，亦得仙俱去。至高辛时，复为雨师。 ②舄(xì):鞋。

其二十一

郢客吟《白雪》[1]，遗响飞青天。徒劳歌此曲，举世谁为传。

试为《巴人》唱，和者乃数千。吞声何足道，叹息空凄然。

【注释】

①郢客吟《白雪》:宋玉《对楚王问》载:客有歌于郢中者，其始曰《下里巴人》，国中属而和者数千人；其为《阳陵采薇》，国中属而和者数百人；其为《阳春白雪》，国中属而和者数十人而已；引商刻角，杂以流徵，国中属而和者不过数人。是其曲弥高，其和弥寡。

其二十二

秦水别陇首，幽咽多悲声。胡马顾朔雪，躞蹀[1]长嘶鸣。

感物动我心，缅然含归情。昔视秋蛾飞，今见春蚕生。

袅袅桑结叶，萋萋柳垂荣。急节谢流水，羁心摇悬旌。

挥涕且复去，恻怆何时平。

【注释】

①躞蹀（xiè dié）：小步行走的样子。

其二十三

秋露白如玉，团团下庭绿。我行忽见之，寒早悲岁促。
人生鸟过目，胡乃自结束。景公一何愚？牛山泪相续[1]。
物苦不知足，得陇又望蜀。人心若波澜，世路有屈曲。
三万六千日，夜夜当秉烛。

【注释】

①"景公"二句：《韩诗外传》载：齐景公游于牛山之上，而北望齐，曰："美哉国乎！郁郁泰山。使古无死者，则寡人将去此而何之？"俯而泣沾襟。国子高子曰："然臣赖君之赐，疏食恶肉可得而食也，驽马柴车可得而乘也，且犹不欲死，况君乎！"俯泣。晏子曰："乐哉！今日婴之游也。见怯君一，而谀臣二，使古而无死者，则太公至今犹存，吾君方今将被蓑笠而立乎畎亩之中，惟事之恤，何暇念死乎！"景公惭，而举觞自罚，因罚二臣。

其二十四

大车扬飞尘，亭午暗阡陌。中贵多黄金，连云开甲宅。
路逢斗鸡者，冠盖何辉赫。鼻息干虹蜺，行人皆怵惕。
世无洗耳翁[1]，谁知尧与跖[2]。

【注释】

①洗耳翁：《高士传》载：尧之让许由也，由以告巢父。巢父曰："汝何不隐汝形，藏汝光？若非吾友也。"击其膺而下之。由怅然不自得，乃过清冷之水洗其耳，曰："向闻贪言，负吾友矣。"遂去，终身不相见。 ②跖：《庄子》：柳下季之弟名曰盗跖，从卒九千人，横行天下，侵暴诸侯，穴室枢户，驱人牛马，取人妇女。贪得忘亲，不顾父母兄弟，不祭先祖。所过之邑，大国守城，小国入保。万民苦之。

其二十五

世道日交丧，浇风散淳源。不采芳桂枝，反栖恶木根。
所以桃李树，吐花竟不言。大运有兴没，群动争飞奔。
归来广成子[①]，去入无穷门。

【注释】

①广成子：《神仙传》载：广成子者，古之仙人也，居崆峒之山，石室之中。黄帝闻而造焉。

其二十六

碧荷生幽泉，朝日艳且鲜。秋花冒绿水，密叶罗青烟。
秀色空绝世，馨香谁为传。坐看飞霜满，凋此红芳年。
结根未得所，愿托华池边。

其二十七

燕赵有秀色，绮楼青云端。眉目艳皎月，一笑倾城欢。
常恐碧草晚，坐泣秋风寒。纤手怨玉琴，清晨起长叹。
焉得偶君子，共乘双飞鸾。

其二十八

容颜若飞电，时景如飘风。草绿霜已白，日西月复东。
华鬓不耐秋，飒然成衰蓬。古来贤圣人，一一谁成功。
君子变猿鹤，小人为沙虫[①]。不及广成子，乘云驾轻鸿。

【注释】

①“君子”二句：《抱朴子》：三军之众，一朝尽化，君子为鹤，小人成沙。

其二十九

三季分战国，七雄成乱麻。《王风》何怨怒，世道终纷拏。

至人洞玄象，高举凌紫霞。仲尼欲浮海，吾祖之流沙[1]。

圣贤共沦没，临歧胡咄嗟。

【注释】

①吾祖之流沙：《列仙传》：关令尹喜者，周大夫也。老子西游，喜先见其气，知有真人当过，物色而遮之，果得老子。老子亦知其奇，为著书授之。后与老子俱游流沙，化胡，服巨胜实，莫知其所终。萧士赟曰：唐以老子为祖，太白乃兴圣皇帝九世孙，故云"吾祖"。

其三十

玄风变大古，道丧无时还。扰扰季叶人，鸡鸣趋四关。

但识金马门[1]，谁知蓬莱山。白首死罗绮，笑歌无休闲。

渌酒哂丹液，青娥凋素颜。大儒挥金椎[2]，琢之诗礼间。

苍苍三珠树[3]，冥目焉能攀。

【注释】

①金马门：《三辅黄图》：金马门，宦者署。武帝得大宛马，以铜铸象，立于署门，因以为名。东方朔、主父偃、严安、徐乐，皆待诏金马门，即此。 ②大儒挥金椎：《庄子》：儒以诗礼发家。大儒胪传曰："东方作矣，事之若何？"小儒曰："未解裙襦，口中有珠。诗固有之曰：青青之麦，生于陵陂。生不布施，死何含珠为？"接其鬓，压其颥（huì），儒以金椎控其颐，徐别其颊，无伤口中珠。 ③三珠树：《山海经》：三珠树生赤水上，其为树如柏，叶皆为珠。一曰其为树如彗也。

其三十一

郑客西入关[①]，行行未能已。白马华山君，相逢平原里。
璧遗镐池君，明年祖龙死。秦人相谓曰：吾属可去矣。
一往桃花源，千春隔流水。

【注释】

①郑客西入关：《史记·秦始皇本纪》：三十六年……秋，使者从关东夜过华阴平舒道，有人持璧遮使者曰：为吾遗镐池君。因言曰：今年祖龙死。使者问其故，因忽不见，置其璧去。使者奉璧俱以闻。始皇默然良久，曰：山鬼固不过知一岁事也。退言曰：祖龙者，人之先也。使御府视璧，乃二十八年行渡江所沉璧也。

其三十二

蓐收[①]肃金气，西陆弦海月。秋蝉号阶轩，感物忧不歇。
良辰竟何许，大运有沦忽。天寒悲风生，夜久众星没。
恻恻不忍言，哀歌达明发。

【注释】

①蓐（rù）收：《礼记》：孟秋之月，其神蓐收。

其三十三

北溟有巨鱼，身长数千里。仰喷三山雪，横吞百川水。
凭陵随海运，烜赫因风起。吾观摩天飞，九万方未已。

其三十四

羽檄如流星，虎符合专城。喧呼救边急，群鸟皆夜鸣。
白日曜紫微，三公运权衡。天地皆得一，澹然四海清。
借问此何为，答言楚征兵。渡泸及五月，将赴云南征。
怯卒非战士，炎方难远行。长号别严亲，日月惨光晶。

泣尽继以血，心摧两无声。困兽当猛虎，穷鱼饵奔鲸。

千去不一回，投躯岂全生。如何舞干戚，一使有苗平[①]。

【注释】

①有苗平：《帝王世纪》：有苗氏负固不服，禹请征之。舜曰："我德不厚而行武，非道也。吾前教由未也。"乃修教三年，执干戚而舞之，有苗请服。

其三十五

丑女来效颦，还家惊四邻。寿陵失本步，笑杀邯郸人[①]。

一曲斐然子，雕虫丧天真。棘刺造沐猴[②]，三年费精神。

功成无所用，楚楚且华身。《大雅》思文王，《颂》声久崩沦。

安得郢中质，一挥成风斤[③]。

【注释】

①"寿陵"二句：《庄子》：子独不闻夫寿陵馀子之学行于邯郸与？未得国能，又失其故行矣，直匍匐而归耳。 ②棘刺造沐猴：《韩非子》：宋人有请为燕王以棘刺之端为母猴者，必三月斋然后能观之。燕王因以三乘养之。右御冶工言王曰："臣闻人主无十日不燕之斋。今知王不能久斋以观无用之器也，故以三月为期。凡刻削者，以其所以削必小。今臣冶人也，无以为之削，此不然物也，王必察之。"王因囚而问之，果妄，乃杀之。冶人谓王曰："计无度量，言谈之士多'棘刺'之说也。" ③"安得"二句：《庄子》：庄子送葬，过惠子之墓，顾谓其从者曰："郢人垩漫其鼻端，若蝇翼。使匠石斫之，匠石运斤成风，听而斫之，尽垩而鼻不伤，郢人立不失容。宋元君闻之，召匠石曰：'尝试为寡人为之。'匠石曰：'臣则尝能斫之。虽然，臣之质死久矣。'自夫子之死也，吾无以为质矣，吾无与言之矣。"

其三十六

抱玉入楚国，见疑古所闻。良宝终见弃，徒劳三献君[①]。
直木忌先伐，芳兰哀自焚。盈满天所损，沉冥道为群。
东海泛碧水，西关乘紫云[②]。鲁连及柱史，可以蹑清芬。

【注释】

①“抱玉”四句：《韩非子》：楚人和氏，得玉璞楚山中，奉而献之厉王。厉王使玉人相之，玉人曰：“石也。”王以和为诳，而刖其左足。及厉王薨，武王即位，和又奉其璞而献之武王。武王使玉人相之，又曰：“石也。”王又以和为诳，而刖其右足。武王薨，文王即位，和乃抱其璞而哭于楚山之下，三日三夜，泪尽而继之以血。王闻之，使人问其故。曰：“天下之刖者多矣，子奚哭之悲也？”和曰：“吾非悲刖也，悲夫宝玉而题之以石，贞士而名之以诳，此吾所以悲也。”王乃使玉人理其璞，乃得宝焉，遂命曰和氏之璧。 ②西关乘紫云：《高士传》：老子生于殷时，为周柱下史。后周德衰，乃乘青牛车，去入大秦，过西关。关令尹喜望气先知焉，乃物色遮候之。已而老子果至，乃强使著书，作《道德经》五千馀言，为道家之宗。

其三十七

燕臣昔恸哭，五月飞秋霜。庶女号苍天[①]，震风击齐堂。
精诚有所感，造化为悲伤。而我竟何辜，远身金殿旁。
浮云蔽紫闼，白日难回光。群沙秽明珠，众草凌孤芳。
古来共叹息，流泪空沾裳。

【注释】

①庶女号苍天：《淮南子》：“庶女叫天，雷霆下击，景公台陨，支体伤折，海水大出。”高诱注：庶贱之女，齐之寡妇，无子不嫁，事姑谨敬。姑无男有女，女利母财，令母嫁妇，妇终不肯。女杀

母以诬妇，妇不能自明，冤结叫天，天为行雷霆下击，景公之台陨坏，毁景公之支体，海水为之大溢出也。江淹《上建平王书》：“贱臣叩心，飞霜击于燕地；庶女告天，振风袭于齐堂。”

其三十八

孤兰生幽园，众草共芜没。虽照阳春晖，复悲高秋月。
飞霜早淅沥，绿艳恐休歇。若无清风吹，香气为谁发。

其三十九

登高望四海，天地何漫漫。霜被群物秋，风飘大荒寒。
荣华东流水，万事皆波澜。白日掩徂晖，浮云无定端。
梧桐巢燕雀，枳棘栖鸳鸾。且复归去来，剑歌《行路难》。

其四十

凤饥不啄粟，所食唯琅玕[①]。焉能与群鸡，刺蹙争一飡。
朝鸣昆丘树，夕饮砥柱湍。归飞海路远，独宿天霜寒。
幸遇王子晋[②]，结交青云端。怀恩未得报，感别空长叹。

【注释】

①琅玕（gān）：似珠玉的美石。 ②王子晋：《列仙传》：王子乔者，周灵王太子晋也。好吹笙作凤凰鸣。游伊洛间，道士浮丘公接上嵩高山。

其四十一

朝弄紫泥海[①]，夕披丹霞裳。挥手折若木，拂此西日光。
云卧游八极，玉颜已千霜。飘飘入无倪，稽首祈上皇。
呼我游太素，玉杯赐琼浆。一飡历万岁，何用还故乡。
永随长风去，天外恣飘扬。

【注释】

①朝弄紫泥海：《洞冥记》：东方朔去，经年乃归。母曰："汝行经年一归，何以慰我耶？"朔曰："儿至紫泥海，有紫水污衣，仍过虞渊湔洗。朝发中返，何云经年乎？

其四十二

摇裔双白鸥，鸣飞沧江流。宜与海人狎，岂伊云鹤俦。

寄影宿沙月，沿[1]芳戏春洲。吾亦洗心者，忘机从尔游。

【注释】

①沿（yán）：即"沿"。

其四十三

周穆八荒意[1]，汉皇万乘尊。淫乐心不极，雄豪安足论。

西海宴王母，北宫邀上元[2]。瑶水闻遗歌，玉杯[3]竟空言。

灵迹成蔓草，徒悲千载魂。

【注释】

①周穆八荒意：《列子》：周穆王肆意远游，命驾八骏之乘。右服华骝而左绿耳，右骖赤骥而左白䍽，主车则造父为御，𫛩𫛩为右；次车之乘，右服渠黄而左逾轮，左骖盗骊而右山子。百夭主车，参百为御，奔戎为右。驰驱千里，遂宾于西王母，觞于瑶池之上，西王母为王谣，王和之，其辞哀焉。 ②上元：即上元夫人，仙女名。 ③玉杯：《三辅黄图》：神明台，武帝造，祭仙人处。上有承露盘，有铜仙人舒掌捧铜盘玉杯，以承云表之露，以露和玉屑服之，以求仙道。

其四十四

绿萝纷葳蕤，缭绕松柏枝。草木有所托，岁寒尚不移。

奈何夭桃色，坐叹葑菲诗[1]。玉颜艳红彩，云发非素丝。
君子恩已毕，贱妾将何为！

【注释】

①葑菲诗：《诗经·邶风·谷风》：采葑采菲，无以下体。朱熹《诗集传》注：妇人为夫所弃，故作此诗。

其四十五

八荒驰惊飙，万物尽凋落。浮云蔽颓阳，洪波振大壑。
龙凤脱罔罟，飘摇将安托？去去乘白驹，空山咏场藿[1]。

【注释】

①场藿：《诗经·小雅》：皎皎白驹，食我场苗。毛传曰：宣王之末，不能用贤，贤者有乘白驹而去者。次章云：皎皎白驹，食我场藿。毛传曰：藿犹苗也。

其四十六

一百四十年，国容何赫然！隐隐五凤楼，峨峨横三川。
王侯象星月，宾客如云烟。斗鸡金宫里，蹴踘瑶台边。
举动摇白日，指挥回青天。当涂何翕忽，失路长弃捐[1]。
独有扬执戟[2]，闭关草《太玄》。

【注释】

①"当涂"二句：扬雄《解嘲》：当涂者升青云，失路者委沟渠。 ②扬执戟：曹植《与杨修书》：昔扬子云，先朝执戟之臣耳。

其四十七

桃花开东园，含笑夸白日。偶蒙春风荣，生此艳阳质。
岂无佳人色？但恐花不实。宛转龙火飞，零落早相失。
讵知南山松，独立自萧瑟。

其四十八

秦皇按宝剑，赫怒震威神。逐日巡海右，驱石驾沧津[①]。
征卒空九寓[②]，作桥伤万人。但求蓬岛药，岂思农鳸春[③]。
力尽功不赡，千载为悲辛。

【注释】

①驱石驾沧津：《三齐略记》：秦始皇作石桥，欲过海观日出处。于时有神人能驱石下海，城阳十一山，石尽起立，嶷嶷东倾，状似相随而去。云石去不速，神人辄鞭之，尽流血，石莫不悉赤，至今犹尔。 ②寓（yǔ）：同“宇”。 ③农鳸（hù）：古时各种农官的总称。

其四十九

美人出南国，灼灼芙蓉姿。皓齿终不发，芳心空自持。
由来紫宫女，共妒青蛾眉。归去潇湘沚，沉吟何足悲。

其五十

宋国梧台东，野人得燕石[①]。夸作天下珍，却哂赵王璧。
赵璧无缁磷，燕石非贞真。流俗多错误，岂知玉与珉[②]。

【注释】

①“宋国”二句：《阚子》：宋之愚人得燕石于梧台之东，归而藏之以为宝。周客闻而观焉，主人斋七日，端冕玄服以发宝。革匮十重，缇巾十袭。客见之，掩口而笑曰：“此特燕石也，其与瓦甓不殊。”主人大怒曰：“商贾之言，医匠之心。”藏之愈固。 ②珉（mín）：《说文》：石之美者。《礼》：君子贵玉而贱珉。珉，石似玉而非也。

其五十一

殷后乱天纪，楚怀亦已昏。夷羊满中野[①]，菉葹盈高门[②]。

比干谏而死，屈平窜湘源。虎口何婉娈，女媭空婵娟[3]。

彭咸[4]久沦没，此意与谁论。

【注释】

①夷羊满中野：《国语》：商之兴也，梼杌次于丕山。其亡也，夷羊在牧。韦昭解：夷羊，神兽。牧，商郊牧野。 ②菉（lù）葹（shī）盈高门：《离骚》：薋菉葹以盈室兮，判独离而不服。王逸注：薋，蒺藜也。菉，王刍也。葹，枲耳也。终朝采，三者皆恶草，以喻谗佞盈满于侧也。 ③女媭空婵娟：《离骚》：女媭之婵媛兮，申申其詈予。王逸注：女媭，屈原姊也。婵媛，犹牵引也。言女媭见己施行不与众合，以见流放，故来牵引数怒，重詈我也。 ④彭咸：《离骚》：虽不周于今之人兮，愿依彭咸之遗则。王逸注：彭咸，殷贤大夫也，谏其君不听，自投水而死。

其五十二

青春流惊湍，朱明骤回薄。不忍看秋蓬，飘扬竟何托。

光风灭兰蕙，白露洒葵藿。美人不我期，草木日零落。

其五十三

战国何纷纷，兵戈乱浮云。赵倚两虎斗，晋为六卿分。

奸臣欲窃位，树党自相群。果然田成子，一旦杀齐君。

其五十四

倚剑登高台，悠悠送春目。苍榛蔽层丘，琼草隐深谷。

凤鸟鸣西海，欲集无珍木。鸒斯[1]得所居，蒿下盈万族。

晋风日已颓，穷途方恸哭。

【注释】

①鸒（yù）斯：乌鸦的一种。

其五十五

齐瑟弹东吟，秦弦弄西音。慷慨动颜魄，使人成荒淫。
彼美佞邪子，婉娈来相寻。一笑双白璧，再歌千黄金。
珍色不贵道，讵惜飞光沉。安识紫霞客，瑶台鸣素琴。

其五十六

越客采明珠，提携出南隅。清辉照海月，美价倾皇都。
献君君按剑，怀宝空长吁。鱼目复相哂，寸心增烦纡。

其五十七

羽族禀万化，小大各有依。周周亦何辜，六翮掩不挥。
愿衔众禽翼，一向黄河飞。飞者莫我顾，叹息将安归。

其五十八

我行巫山渚，寻古登阳台。天空彩云灭，地远清风来。
神女去已久，襄王安在哉！荒淫竟沦没，樵牧徒悲哀。

其五十九

恻恻泣路岐，哀哀悲素丝①。路岐有南北，素丝易变移。
万事固如此，人生无定期。田窦相倾夺，宾客互盈亏②。
世途多翻覆，交道方崄巇③。斗酒强然诺，寸心终自疑。
张、陈竟火灭，萧、朱亦星离④。众鸟集荣柯，穷鱼守枯池。
嗟嗟失欢客，勤问何所规。

【注释】

①“恻恻”二句：《淮南子》：杨子见逵路而哭之，为其可以南可以北。墨子见练丝而泣之，为其可以黄可以黑。 ②“田窦”

二句:《史记》: 魏其侯窦婴, 喜宾客, 诸游士宾客争归魏其侯。武安侯田蚡, 新用事为相, 卑下宾客, 进名士家居者, 欲以倾魏其诸将相。武安侯以王太后故亲幸, 数言事多效, 天下吏士趋势利者, 皆去魏其, 归武安。 ③崄巇(xiǎn xī): 险峻崎岖。 ④"张陈"二句:《后汉书》: 交道之难, 未易言也。世称管鲍, 次则王贡。张陈凶其终, 萧朱隙其末, 故知全之者鲜矣。章怀太子注: 张耳、陈馀初为刎颈交, 后构隙, 耳从汉, 为将兵, 杀陈馀于泜水之上。萧育, 字次君, 朱博, 字子元, 二人为友, 著闻当代。后有隙不终, 故时以交为难。

卷二 乐府

远别离

远别离，古有皇英之二女[①]，乃在洞庭之南，潇湘之浦。

海水直下万里深，谁人不言此离苦。

日惨惨兮云冥冥，猩猩啼烟兮鬼啸雨。我纵言之将何补。

皇穹窃恐不照余之忠诚，雷凭凭兮欲吼怒，尧舜当之亦禅禹。

君失臣兮龙为鱼，权归臣兮鼠变虎。

或云尧幽囚，舜野死，九疑联绵皆相似，重瞳[②]孤坟竟何是。

帝子泣兮绿云间，随风波兮去无还。

恸哭兮远望，见苍梧之深山。

苍梧山崩湘水绝，竹上之泪乃可灭[③]。

【注释】

①皇英之二女：《列女传》：有虞二妃者，帝尧之二女也，长娥皇，次女英，娥皇为后，女英为妃。 ②重瞳：《宋书》：舜生于姚墟，目重瞳子，故名重华。 ③竹上之泪乃可灭：《述异记》：舜南巡，葬于苍梧之野，尧之二女娥皇、女英追之不及，相与恸哭，泪下沾竹，竹上文为之斑斑然。

公无渡河

黄河西来决昆仑，咆哮万里触龙门。

波滔天，尧咨嗟。

大禹理百川，儿啼不窥家。
杀湍堙洪水，九州始蚕麻。
其害乃去，茫然风沙。
披发之叟狂而痴，清晨径流欲奚为？
旁人不惜妻止之，公无渡河苦渡之。
虎可搏，河难冯，公果溺死流海湄。
有长鲸白齿若雪山，公乎公乎挂罥于其间，箜篌所悲竟不还①。

【注释】

①箜篌所悲竟不还：崔豹《古今注》：《箜篌引》者，朝鲜津卒霍里子高妻丽玉所作也。子高晨起刺船，有一白首狂夫，被发提壶，乱流而渡，其妻随而止之，不及，遂堕河而死。于是援箜篌而歌曰："公无渡河，公竟渡河，堕河而死，将奈公何。"声甚凄怆，曲终亦投河而死。子高还，以语丽玉。丽玉伤之，乃引箜篌而写其声，闻者莫不堕泪饮泣。丽玉以其曲传邻女丽容，名曰《箜篌引》。

蜀道难

噫吁嚱，危乎高哉！
蜀道之难，难于上青天。
蚕丛及鱼凫，开国何茫然①。
尔来四万八千岁，不与秦塞通人烟。
西当太白有鸟道，可以横绝峨眉巅。
地崩山摧壮士死，然后天梯石栈相钩连。
上有六龙回日之高标，下有冲波逆折之回川。
黄鹤之飞尚不得过，猿猱欲度愁攀援。
青泥何盘盘，百步九折萦岩峦。
扪参历井仰胁息，以手抚膺坐长叹。

问君西游何时还，畏途巉岩不可攀。
但见悲鸟号古木，雄飞雌从绕林间。
又闻子规啼夜月，愁空山。
蜀道之难，难于上青天。
使人听此凋朱颜。
连峰去天不盈尺，枯松倒挂倚绝壁。
飞湍瀑流争喧豗[②]，砯[③]崖转石万壑雷。
其险也若此，嗟尔远道之人胡为乎来哉！
剑阁峥嵘而崔嵬，一夫当关，万夫莫开。
所守或匪亲，化为狼与豺。
朝避猛虎，夕避长蛇。
磨牙吮血，杀人如麻。
锦城虽云乐，不如早还家。
蜀道之难，难于上青天，侧身西望长咨嗟。

【注释】

①“蚕丛”二句：扬雄《蜀王本纪》：蜀王之先，名蚕丛、柏濩、鱼凫、蒲泽、开明。是时人民椎髻哤言，不晓文字，未有礼乐。从开明上至蚕丛，积三万四千岁。 ②豗（huī）：喧嚣之声。 ③砯（pēng）：水击岩石之声。

梁甫吟

长啸《梁甫吟》，何时见阳春。
君不见朝歌屠叟辞棘津，八十西来钓渭滨[①]。
宁羞白发照清水，逢时壮气思经纶。
广张三千六百钩，风期暗与文王亲。
大贤虎变愚不测，当年颇似寻常人。
君不见高阳酒徒[②]起草中，长揖山东隆准公[③]。
入门不拜骋雄辩，两女辍洗来趋风。

东下齐城七十二，指挥楚汉如旋蓬。
狂客落魄尚如此，何况壮士当群雄。
我欲攀龙见明主，雷公砰訇[④]震天鼓。
帝旁投壶多玉女，三时大笑开电光，倏烁晦冥起风雨。
阊阖九门不可通，以额扣关阍者怒。
白日不照吾精诚，杞国无事忧天倾。
猰貐[⑤]磨牙竞人肉，驺虞[⑥]不折生草茎。
手接飞猱搏雕虎，侧足焦原未言苦。
智者可卷愚者豪，世人见我轻鸿毛。
力排南山三壮士，齐相杀之费二桃。
吴、楚弄兵无剧孟，亚夫咍[⑦]尔为徒劳。
《梁甫吟》，声正悲。
张公两龙剑，神物合有时。
风云感会起屠钓，大人岘屼[⑧]当安之。

【注释】

①"君不见朝歌"二句：《韩诗外传》：太公望少为人婿，老而见去。屠牛朝歌，赁于棘津，钓于磻溪，文王举而用之，封于齐。 ②高阳酒徒：《史记·郦生陆贾列传》：初，沛公引兵过陈留，郦生踵军门上谒……使者出谢曰："沛公敬谢先生，方以天下为事，未暇见儒人也。"郦生瞋目案剑叱使者曰："走！复入言沛公，吾高阳酒徒也，非儒人也。" ③隆准公：《史记·高祖本纪》：高祖为人，隆准而龙颜。 ④訇（hōng）：大声。 ⑤猰貐（yà yǔ）：《山海经》：少咸之山有兽焉，其状如牛而赤身，人面马足，名曰窫窳。其音如婴儿，是食人。窫窳，即猰貐也。馀详《大猎赋》注。 ⑥驺（zōu）虞：陆玑《毛诗草木鸟兽虫鱼疏》：驺虞，即白虎也。黑文，尾长于躯，不食生物，不履生草。君有德则见，应信而至者也。 ⑦咍（hāi）：嗤笑。 ⑧岘屼（niè wù）：不安。

乌夜啼

黄云城边乌欲栖，归飞哑哑枝上啼。
机中织锦秦川女[①]，碧纱如烟隔窗语。
停梭怅然忆远人，独宿孤房泪如雨。

【注释】

①机中织锦秦川女：《晋书》：窦滔妻苏氏，始平人，名蕙，字若兰，善属文。苻坚时，滔为秦州刺史，被徙流沙。苏氏思之，织锦为《回文旋图诗》以赠滔，宛转循环以读之，词甚凄惋，凡八百四十字。

乌栖曲

姑苏台上乌栖时，吴王宫里醉西施[①]。
吴歌楚舞欢未毕，青山欲衔半边日。
银箭金壶漏水多，起看秋月坠江波，
东方渐高奈乐何！

【注释】

①"姑苏"二句：《述异记》：吴王夫差筑姑苏之台，三年乃成。周旋诘曲，横亘五里，崇饰土木，殚耗人力。官妓千人。上别立春宵宫，为长夜之饮。造千石酒钟，作天池，池中造青龙舟，舟中盛陈妓乐，日与西施为水嬉。

战城南

去年战，桑乾源；今年战，葱河道。
洗兵条支海上波，放马天山雪中草。
万里长征战，三军尽衰老。
匈奴以杀戮为耕作，古来惟见白骨黄沙田。
秦家筑城备胡处，汉家还有烽火燃。

烽火燃不息，征战无已时。
野战格斗死，败马号鸣向天悲。
乌鸢啄人肠，衔飞上挂枯树枝。
士卒涂草莽，将军空尔为。
乃知兵者是凶器，圣人不得已而用之。

将进酒

君不见黄河之水天上来，奔流到海不复回。
君不见高堂明镜悲白发，朝如青丝暮成雪。
人生得意须尽欢，莫使金樽空对月。
天生我材必有用，千金散尽还复来。
烹羊宰牛且为乐，会须一饮三百杯。
岑夫子，丹丘生，进酒君莫停。
与君歌一曲，请君为我倾耳听。
钟鼓馔玉不足贵，但愿长醉不用醒。
古来圣贤皆寂寞，惟有饮者留其名。
陈王昔时宴平乐，斗酒十千恣欢谑。
主人何为言少钱，径须沽取对君酌。
五花马，千金裘。
呼儿将出换美酒，与尔同销万古愁。

行行游且猎篇

边城儿，生年不读一字书。
但知游猎夸轻趫[1]，胡马秋肥宜白草，骑来蹑影何矜骄。
金鞭拂雪挥鸣鞘，半酣呼鹰出远郊。
弓弯满月不虚发，双鸧[2]迸落连飞髇[3]。
海边观者皆辟易，猛气英风振沙碛。
儒生不及游侠人，白首下帷复何益。

【注释】

①趫（qiáo）：敏捷。 ②鸧（cāng）：鸟名。 ③髇（xiāo）：古响箭。

天马歌

天马来出月支窟，背为虎文龙翼骨。
嘶青云，振绿发，兰筋权奇走灭没。
腾昆仑，历西极，四足无一蹶。
鸡鸣刷燕晡秣越，神行电迈蹑恍惚。
天马呼，飞龙趋，目明长庚臆双凫。
尾如流星首渴乌，口喷红光汗沟珠。
曾陪时龙跃天衢，羁金络月照皇都。
逸气棱棱凌九区，白璧如山谁敢沽。
回头笑紫燕，但觉尔辈愚。
天马奔，恋君轩，駷[1]跃惊矫浮云翻。
万里足踯躅，遥瞻阊阖[2]门。
不逢寒风子[3]，谁采逸景孙。
白云在青天，丘陵远崔嵬。
盐车上峻坂，倒行逆施畏日晚。
伯乐翦拂中道遗，少尽其力老弃之。
愿逢田子方[4]，恻然为我悲。
虽有玉山禾，不能疗苦饥。
严霜五月凋桂枝，伏枥衔冤摧两眉。
请君赎献穆天子，犹堪弄影舞瑶池。

【注释】

①駷（sǒng）：摇动马衔令马快跑。 ②阊阖（chāng hé）：天门。 ③寒风子：《吕氏春秋》：古之善相马者，寒风氏相口齿，天下之良工也。 ④愿逢田子方：《韩诗外传》：田子方出，见老马于

道，喟然有志焉，以问于御者曰："此何马也？"曰："故公家畜也，罢而不为用，故出放也。"田子方曰："少尽其力，而老弃其身，仁者不为也。"束帛而赎之。穷士闻之，知所归心矣。

行路难三首

其一

金樽清酒斗十千，玉盘珍羞直万钱。
停杯投箸不能食，拔剑四顾心茫然。
欲渡黄河冰塞川，将登太行雪满山。
闲来垂钓碧溪上，忽复乘舟梦日边。
行路难，行路难，多歧路，今安在？
长风破浪会有时，直挂云帆济沧海。

其二

大道如青天，我独不得出。
羞逐长安社中儿，赤鸡白狗赌梨栗。
弹剑作歌奏苦声①，曳裾王门不称情。
淮阴市井笑韩信，汉朝公卿忌贾生。
君不见昔时燕家重郭隗，拥篲②折节无嫌猜。
剧辛、乐毅感恩分，输肝剖胆效英才。
昭王白骨萦蔓草，谁人更扫黄金台！
行路难，归去来。

【注释】

①弹剑作歌奏苦声：《史记》：冯驩闻孟尝君好客，蹑蹻而见之。孟尝君曰："先生远辱，何以教文也？"冯驩曰："闻君好士，以贫身归于君。"孟尝君置传舍十日，孟尝君问传舍长曰："客何所为？"答曰："冯先生甚贫，犹有一剑耳，又蒯缑。弹其剑而歌曰：'长铗归来乎，食无鱼。'"孟尝君迁之幸舍，食有鱼矣。五日，又问传舍长。答曰："客复弹剑而歌曰：'长铗归来乎，出无舆。'"孟

尝君迁之代舍，出入乘舆车矣。五日，孟尝君复问传舍长。舍长答曰：“先生又尝弹剑而歌曰：‘长铗归来乎，无以为家。’”孟尝君不悦。②篲（huì）：同“彗”。

其三

有耳莫洗颍川水，有口莫食首阳蕨。
含光混世贵无名，何用孤高比云月。
吾观自古贤达人，功成不退皆殒身。
子胥既弃吴江上，屈原终投湘水滨。
陆机雄才岂自保，李斯税驾苦不早。
华亭鹤唳讵可闻，上蔡苍鹰何足道[①]。
君不见吴中张翰称达生，秋风忽忆江东行。
且乐生前一杯酒，何须身后千载名[②]。

【注释】

①“陆机”四句：《晋书》：成都王颖起兵讨长沙王乂，假陆机后将军、河北大都督，督北中郎将王粹、冠军牵秀等诸军二十馀万人，战于鹿苑，机军大败。宦人孟玖谮机于颖，言其有异志。颖怒，使秀密收机。机释戎服，着白帢与秀相见，神色自若。既而叹曰：“华亭鹤唳，岂可复闻乎！”遂遇害于军中。《史记》：李斯为丞相，长男由为三川守，诸男皆尚秦公主，女悉嫁秦诸公子。李由告归咸阳，李斯置酒于家，百官长皆前为寿，门庭车骑以千数。李斯喟然叹曰：“吾闻之荀卿曰：物禁太盛。夫斯乃上蔡布衣，闾巷之黔首，上不知其驽下，遂擢至此。当今人臣之位，无居臣上者，可谓富贵极矣。物极则衰，吾未知所税驾也。”《索隐》曰：税驾，犹解驾，言休息也。李斯言己今日富贵已极，未知向后吉凶止泊在何处也。《太平御览》：《史记》曰：李斯临刑，思牵黄犬，臂苍鹰，出上蔡东门，不可得矣。 ②“君不见”四句：《晋书》：张翰，字季鹰，吴郡吴人也。父俨，吴大鸿胪。翰有清才，善属文，而纵任不拘。……齐王冏辟为大司马东曹掾。冏时执权，翰谓同郡顾荣

曰："天下纷纷，祸难未已。夫有四海之名者，求退良难。吾本山林间人，无望于时。子善以明防前，以智虑后。"荣执其手，怆然曰："吾亦与子采南山蕨，饮三江水耳。"翰因见秋风起，乃思吴中菰菜、莼羹、鲈鱼脍，曰："人生贵得适志，何能羁宦数千里以要名爵乎！"遂命驾而归。著《首丘赋》，文多不载。俄而冏败，人皆谓之见机。然府以其辄去，除吏名。翰任心自适，不求当世。或谓之曰："卿乃可纵适一时，独不为身后名邪？"答曰："使我有身后名，不如即时一杯酒。"时人贵其旷达。

长相思

长相思，在长安。
络纬秋啼金井阑，微霜凄凄簟色寒。
孤灯不明思欲绝，卷帷望月空长叹。
美人如花隔云端，上有青冥之高天，下有渌水之波澜。
天长路远魂飞苦，梦魂不到关山难。
长相思，摧心肝。

上留田行

行至上留田，孤坟何峥嵘。积此万古恨，春草不复生。
悲风四边来，肠断白杨声。借问谁家地，埋没蒿里茔。
古老向予言，言是上留田。
蓬科马鬣今已平，昔之弟死兄不葬，他人于此举铭旌。
一鸟死，百鸟鸣；一兽走，百兽惊。
桓山之禽别离苦[①]，欲去回翔不能征。
田氏仓卒骨肉分，青天白日摧紫荆[②]。
交让之木本同形，东枝憔悴西枝荣[③]。
无心之物尚如此，参商胡乃寻天兵。
孤竹[④]、延陵[⑤]，让国扬名，高风缅邈，颓波激清。

尺布之谣[6]，塞耳不能听。

【注释】

①桓山之禽别离苦：《孔子家语》：孔子在卫，昧旦晨兴，颜回侍侧，闻哭者之声甚哀。子曰："回！汝知此何所哭乎？"对曰："回以此哭声非但为死者而已，又有生离别者也。"子曰："何以知之？"对曰："回闻桓山之鸟生四子焉，羽翼既成，将分于四海，其母悲鸣而送之，哀声有似于此，为其往而不返也。回窃以音类知之。" ②紫荆：《续齐谐记》：京兆田真兄弟三人共议分财，生赀皆平均，唯堂前一株紫荆树，共议欲破三片。明日就截之，其树即枯死，状如火燃。真往见之，大惊，谓诸弟曰："树本同株，闻将分斫，所以憔悴，是人不如木也。"因悲不自胜，不复解树，树应声荣茂。兄弟相感，更合财宝，遂为孝门。 ③"交让"二句：《述异记》：黄金山有楠树，一年东边荣西边枯，后年西边荣东边枯，年年如此。 ④孤竹：《史记》：伯夷、叔齐，孤竹君之二子也。父欲立叔齐，及父卒，叔齐让伯夷，伯夷曰：父命也。遂逃去。叔齐亦不肯立而逃之。 ⑤延陵：《史记》：吴王寿梦有子四人：长曰诸樊，次曰馀祭，次曰馀眛，次曰季札。季札贤而寿梦欲立之，季札让不可。于是乃立长子诸樊，摄行事当国。诸樊已除丧，让位季札。季札谢曰："曹宣公之卒也，诸侯与曹人不义曹君，将立子臧。子臧去之以成曹君，君子曰：能守节矣。札虽不才，愿附于子臧之义。"吴人固立季札，季札弃其室而耕，乃舍之。季札封于延陵，故号曰延陵季子。 ⑥尺布之谣：《史记·淮南衡山列传》载，淮南王刘长谋反被汉文帝流放，刘长途中绝食而死，民间作歌歌淮南厉王："一尺布，尚可缝；一斗粟，尚可舂。兄弟二人不相容。"

前有樽酒行二首

其一

春风东来忽相过，金樽渌酒生微波。

落花纷纷稍觉多，美人欲醉朱颜酡。
青轩桃李能几何，流光欺人忽蹉跎。
君起舞，日西夕。
当年意气不肯倾，白发如丝叹何益。

其二

琴奏龙门之绿桐，玉壶美酒清若空。
催弦拂柱与君饮，看朱成碧颜始红。
胡姬貌如花，当垆笑春风。
笑春风，舞罗衣。君今不醉将安归？

夜坐吟

冬夜夜寒觉夜长，沉吟久坐坐北堂。
冰合井泉月入闺，金釭青凝照悲啼。
金釭灭，啼转多，掩妾泪，听君歌。
歌有声，妾有情，情声合，两无违。
一语不入意，从君万曲梁尘飞。

日出入行

日出东方隈，似从地底来。
历天又入海，六龙所舍安在哉！
其始与终古不息，人非元气，安得与之久徘徊。
草不谢荣于春风，木不怨落于秋天。
谁挥鞭策驱四运，万物兴歇皆自然。
羲和，羲和，汝奚汩没于荒淫之波？
鲁阳何德，驻景挥戈[①]。
逆道违天，矫诬实多。
吾将囊括大块，浩然与溟涬[②]同科。

【注释】

①"鲁阳"二句：《淮南子》：鲁阳公与韩构战酣，日暮，援戈而挥之，日为之反三舍。 ②溟涬（xìng）：自然元气。

胡无人

严风吹霜海草凋，筋干精坚胡马骄。
汉家战士三十万，将军兼领霍嫖姚。
流星白羽腰间插，剑花秋莲光出匣。
天兵照雪下玉关，虏箭如沙射金甲。
云龙风虎尽交回，太白入月敌可摧。
敌可摧，旄头灭，履胡之肠涉胡血。
悬胡青天上，埋胡紫塞旁。
胡无人，汉道昌。

北风行

烛龙栖寒门，光耀犹旦开。
日月照之何不及此，惟有北风号怒天上来。
燕山雪花大如席，片片吹落轩辕台。
幽州思妇十二月，停歌罢笑双蛾摧。
倚门望行人，念君长城苦寒良可哀。
别时提剑救边去，遗此虎文金鞞靫①。
中有一双白羽箭，蜘蛛结网生尘埃。
箭空在，人今战死不复回。
不忍见此物，焚之已成灰。
黄河捧土尚可塞，北风雨雪恨难裁。

【注释】

①鞞靫（bǐ chá）：盛箭器。

侠客行

赵客缦胡缨[①]，吴钩霜雪明。银鞍照白马，飒沓如流星。

十步杀一人，千里不留行。事了拂衣去，深藏身与名。

闲过信陵饮，脱剑膝前横。将炙啖朱亥，持觞劝侯嬴。

三杯吐然诺，五岳倒为轻。眼花耳热后，意气素霓生。

救赵挥金槌，邯郸先震惊[②]。千秋二壮士，烜赫大梁城。

纵死侠骨香，不惭世上英。谁能书阁下，白首《太玄经》。

【注释】

①赵客缦胡缨：《庄子》：赵太子曰：吾王所见剑士，皆蓬头突鬓，垂冠缦胡之缨，短后之衣。 ②“将炙”十句：《史记》：魏安釐王二十年，秦昭王已破赵长平军，又进兵围邯郸。公子姊为赵惠文王弟平原君夫人，数遗魏王及公子书，请救于魏。魏王使将军晋鄙将十万众救赵。秦王使使者告魏王曰：“吾攻赵旦暮且下，而诸侯敢救者，已拔赵，必移兵先击之。”魏王恐，使人止晋鄙，留军壁邺，名为救赵，实持两端以观望。平原君使者冠盖相属于魏，让魏公子曰：“胜所以自附为婚姻者，以公子之高义，为能急人之困。今邯郸旦暮降秦而魏救不至，安在公子能急人之困也！且公子纵轻胜，弃之降秦，独不怜公子姊邪？”公子患之，数请魏王，及宾客辩士说王万端。魏王畏秦，终不听公子。公子自度终不能得之于王，计不独生而令赵亡，乃请宾客，约车骑百馀乘，欲以客往赴秦军，与赵俱死。公子行，侯生曰：“将在外，主令有所不受，以便国家。公子即合符，而晋鄙不授公子兵而复请之，事必危矣。臣客屠者朱亥可与俱，此人力士。晋鄙听，大善；不听，可使击之。”于是公子泣。侯生曰：“公子畏死邪？何泣也？”公子曰：“晋鄙嚄唶宿将，往恐不听，必当杀之，是以泣耳，岂畏死哉？”于是公子请朱亥。朱亥笑曰：“臣乃市井鼓刀屠者，而公子亲数存之，所以不报谢

者，以为小礼无所用。今公子有急，此乃臣效命之秋也。”遂与公子俱。公子过谢侯生。侯生曰：“臣宜从，老不能。请数公子行日，以至晋鄙军之日，北向自刭，以送公子。”公子遂行。至邺，矫魏王令代晋鄙。晋鄙合符，疑之，举手视公子曰：“今吾拥十万之众，屯于境上，国之重任，今单车来代之，何如哉？”欲无听。朱亥袖四十斤铁椎，椎杀晋鄙，公子遂将晋鄙军。勒兵下令军中曰：“父子俱在军中，父归；兄弟俱在军中，兄归；独子无兄弟，归养。”得选兵八万人，进兵击秦军。秦军解去，遂救邯郸，存赵。

关山月

明月出天山，苍茫云海间。长风几万里，吹度玉门关。
汉下白登道，胡窥青海湾。由来征战地，不见有人还。
戍客望边色，思归多苦颜。高楼当此夜，叹息未应闲。

独漉篇

独漉水中泥，水浊不见月。不见月尚可，水深行人没。
越鸟从南来，胡鹰亦北度。我欲弯弓向天射，惜其中道失归路。
落叶别树，飘零随风。客无所托，悲与此同。
罗帏舒卷，似有人开。明月直入，无心可猜。
雄剑挂壁，时时龙鸣①。不断犀象②，绣涩苔生。
国耻未雪，何由成名。神鹰梦泽③，不顾鸱鸢。
为君一击，鹏抟九天。

【注释】

①“雄剑”二句：《太平御览》：颛顼高阳氏有画影腾空剑。若四方有兵，此剑飞赴，指其方则克，未用时在匣中，常如龙虎啸吟。 ②不断犀象：曹植《七启》：步光之剑，华藻繁缛，陆断犀象，未足称俊。李周翰注：言剑之利也，犀象之兽，其皮坚。 ③神

鹰梦泽：《幽明录》：楚文王好猎，有人献一鹰，王见其殊常，故为猎于云梦之泽。毛群羽族，争噬共搏。此鹰瞪目，远瞻云际，俄有一物，鲜白不辨其形，鹰竦翮而升，矗若飞电。须臾羽堕如雪，血下如雨。良久，有大鸟坠地。其两翅广十馀里，喙边有黄，众莫能知。时有博物君子曰："此大鹏雏也。"文王乃厚赏之。

登高丘而望远海

登高丘，望远海。六鳌骨已霜，三山流安在？
扶桑半摧折，白日沉光彩。
银台金阙如梦中，秦皇、汉武空相待。
精卫费木石，鼋鼍无所凭①。
君不见骊山、茂陵尽灰灭，牧羊之子来攀登②。
盗贼劫宝玉，精灵竟何能。
穷兵黩武今如此，鼎湖飞龙安可乘③。

【注释】

①鼋鼍（yuán tuó）无所凭：《竹书纪年》：穆王三十七年，大起九师，东至于九江，架鼋鼍以为梁。鼋鼍，大鳖和扬子鳄。 ②"君不见"二句：《汉书》：秦始皇帝葬于骊山之阿，下锢三泉，上崇山坟，其高五十馀丈，周回五里有馀。石椁为游馆，人膏为灯烛，水银为江海，黄金为凫雁。珍宝之藏，机械之变，棺椁之丽，宫馆之盛，不可胜原。又多杀宫人，生埋工匠，计以万数。天下苦其役而反之，骊山之作未成，而周章百万之师至其下矣。项籍燔其宫室营宇，往者咸见发掘。其后牧儿亡羊，羊入其凿，牧者持火照其羊，失火烧其藏椁。 ③鼎湖飞龙安可乘：《抱朴子》：黄帝于荆山之下，鼎湖之中，飞九丹成，乃乘龙登天也。

阳春歌

长安白日照春空，绿杨结烟桑袅风。

披香殿前花始红，流芳发色绣户中。

绣户中，相经过。

飞燕皇后轻身舞，紫宫夫人绝世歌[①]。

圣君三万六千日，岁岁年年奈乐何。

【注释】

①紫宫夫人绝世歌：《汉书》：孝武李夫人，本以倡（乐人）进。初，夫人兄延年性知音，善歌舞，武帝爱之。延年侍上起舞，歌曰："北方有佳人，绝世而独立。一顾倾人城，再顾倾人国。宁不知倾城与倾国，佳人难再得。"上叹息曰："善！世岂有此人乎？"平阳主因言延年有女弟，上乃召见之，实妙丽善舞。由是得幸。

杨叛儿

君歌《杨叛儿》，妾劝新丰酒。何许最关人？乌啼白门柳。

乌啼隐杨花，君醉留妾家。博山炉中沉香火，双烟一气凌紫霞。

山人劝酒

苍苍云松，落落绮皓。

春风尔来为阿谁？胡蝶忽然满芳草。

秀眉霜雪颜桃花，骨青髓绿长美好。

称是秦时避世人，劝酒相欢不知老。

各守麋鹿志，耻随龙虎争。

欻[①]起佐太子，汉皇乃复惊。

顾谓戚夫人，彼翁羽翼成。

归来商山下，泛若云无情。

举觞酹巢、由，洗耳何独清。

浩歌望嵩岳，意气还相倾。

【注释】

①欻（xū）：忽然。

幽涧泉

拂彼白石，弹吾素琴。
幽涧愀兮流泉深，善手明徽高张清。
心寂历似千古，松飕飗[1]兮万寻。
中见愁猿吊影而危处兮，叫秋木而长吟。
客有哀时失职而听者，泪淋浪以沾襟。
乃缉商缀羽，潺湲成音。
吾但写声发情于妙指，殊不知此曲之古今。
幽涧泉，鸣深林。

【注释】

①飕飗（sōu liú）：风声。

荆州歌

白帝城边足风波，瞿塘五月谁敢过。
荆州麦熟茧成蛾，缫丝忆君头绪多。
拨谷飞鸣奈妾何。

设辟邪伎鼓吹雉子斑曲辞

辟邪伎作鼓吹惊，雉子斑之奏曲成，喔咿振迅欲飞鸣。
扇锦翼，雄风生。双雌同饮啄，趫悍谁能争。
乍向草中耿介死，不求黄金笼下生。
天地至广大，何惜遂物情。
善卷让天子，务光亦逃名[1]。
所贵旷士怀，朗然合太清。

【注释】

①“善卷”二句：《庄子》：舜以天下让善卷，善卷曰：“予立于宇宙之中，冬日衣皮毛，夏日衣葛絺；春耕种，形足以劳动；秋收敛，身足以休食；日出而作，日入而息，逍遥于天地之间，而心意自得。吾何以天下为哉！悲夫，子之不知余也！”遂不受。于是去而入深山，莫知其处。汤伐桀，克之，让务光曰：“智者谋之，武者遂之，仁者居之，古之道也。吾子胡不立乎？”务光曰：“废上，非义也；杀民，非仁也；人犯其难，我享其利，非廉也。吾闻之曰：非其义者，不受其禄；无道之世，不践其土。况尊我乎？吾不忍久见也。”乃负石而自沉于庐水。

久别离

别来几春未还家，玉窗五见樱桃花。
况有锦字书，开缄使人嗟。
至此肠断彼心绝，云鬟绿鬓罢梳结，愁如回飙乱白雪。
去年寄书报阳台，今年寄书重相催。
东风兮东风，为我吹行云使西来。
待来竟不来，落花寂寂委青苔。

白头吟

锦水东北流，波荡双鸳鸯。
雄巢汉宫树，雌弄秦草芳。
宁同万死碎绮翼，不忍云间两分张。
此时阿娇正娇妒，独坐长门愁日暮。
但愿君恩顾妾深，岂惜黄金买词赋[①]。
相如作赋得黄金，丈夫好新多异心。
一朝将聘茂陵女，文君因赠《白头吟》。
东流不作西归水，落花辞条羞故林。

兔丝故无情，随风任倾倒。
谁使女萝枝，而来强萦抱？
两草犹一心，人心不如草。
莫卷龙须席，从他生网丝。
且留琥珀枕，或有梦来时。
覆水再收岂满杯，弃妾已去难重回。
古来得意不相负，只今惟见青陵台②。

【注释】

①“此时阿娇”四句：司马相如《长门赋序》：孝武皇帝陈皇后，时得幸，颇妒。别在长门宫，愁闷悲思。闻蜀郡成都司马相如天下工为文，奉黄金百斤，为相如、文君取酒，因于解悲愁之词。而相如为文以悟主上，皇后复得亲幸。 ②青陵台：《搜神记》：宋康王以韩朋妻美而夺之，使朋筑青陵台，然后杀之。其妻请临丧，遂投身而死。王命分埋台左右。期年，各生一梓树，及大，树枝条相交，有二鸟哀鸣其上，因号之曰相思树。

采莲曲

若耶溪旁采莲女，笑隔荷花共人语。
日照新妆水底明，风飘香袂空中举。
岸上谁家游冶郎，三三五五映垂杨。
紫骝嘶入落花去，见此踟蹰空断肠。

临江王节士歌

洞庭白波木叶稀，燕鸿始入吴云飞。
吴云寒，燕鸿苦，风号沙宿潇湘浦，节士悲秋泪如雨。
白日当天心，照之可以事明主。
壮士愤，雄风生，安得倚天剑，跨海斩长鲸。

司马将军歌

狂风吹古月，窃弄章华台。
北落明星动光彩，南征猛将如云雷。
手中电曳倚天剑，直斩长鲸海水开。
我见楼船壮心目，颇似龙骧下三蜀。
扬兵习战张虎旗，江中白浪如银屋。
身居玉帐临河魁，紫髯若戟冠崔嵬。
细柳开营揖天子，始知灞上为婴孩①。
羌笛横吹《阿亸回》②，向月楼中吹《落梅》。
将军自起舞长剑，壮士呼声动九垓。
功成献凯见明主，丹青画像麒麟台。

【注释】

①“细柳”二句：《史记》：文帝后六年，匈奴大入边。乃以宗正刘礼为将军，军霸上；祝兹侯徐厉为将军，军棘门；以河内守亚夫为将军，军细柳：以备胡。上自劳军。至霸上及棘门军，直驰入将以下下骑送迎。已而之细柳军，军士吏被甲，锐兵刃，彀弓弩，持满。天子先驱至，不得入。先驱曰：“天子且至！”军门都尉曰：“将军令曰：‘军中闻将军令，不闻天子之诏。’”居无何，上至，又不得入。于是上乃使使持节诏将军：“吾欲入劳军。”亚夫乃传言开壁门。壁门士吏谓从属车骑曰：“将军约：‘军中不得驱驰。’”于是天子乃按辔徐行。至营，将军亚夫持兵揖曰：“介胄之士不拜，请以军礼见。”天子为动，改容式车。使人诫谢：“皇帝敬劳将军。”成礼而去。既出军门，群臣皆惊。文帝曰：“嗟乎，此真将军矣！曩者霸上、棘门军，若儿戏耳，其将固可袭而虏也。至于亚夫，可得而犯邪！” ②《阿亸（duǒ）回》：番曲名。

结韈[1]子

燕南壮士吴门豪，筑中置铅鱼隐刀[2]。

感君恩重许君命，太山一掷轻鸿毛。

【注释】

①韈（wà）：同“袜”。②“燕南”二句：《史记》：秦并天下，立号为皇帝。于是秦逐太子丹、荆轲之客，皆亡。高渐离变名姓为人庸保，匿作于宋子……使击筑而歌，客无不流涕而去者。宋子传客之，闻于秦始皇。秦始皇召见，人有识者，乃曰：“高渐离也。”秦皇帝惜其善击筑，重赦之，乃矐其目。使击筑，未尝不称善。稍益近之，高渐离乃以铅置筑中，复进得近，举筑朴秦皇帝，不中。于是遂诛高渐离。又《史记》：伍子胥知公子光之欲杀吴王僚……乃进专诸于公子光……光伏甲士与窟室中，而具酒请王僚。王僚使兵陈自宫至光之家，门户阶陛左右，皆王僚之亲戚也。夹立侍，皆持长铍。酒既酣，公子光佯为足疾，入窟室中，使专诸置匕首鱼炙之腹中而进之。既至王前，专诸擘鱼，因以匕首刺王僚，王僚立死。左右亦杀专诸。

结客少年场行

紫燕黄金瞳，啾啾摇绿鬃。平明相驰逐，结客洛门东。

少年学剑术，凌轹[1]白猿公[2]。珠袍曳锦带，匕首插吴鸿[3]。

由来万夫勇，挟此生雄风。托交从剧孟[4]，买醉入新丰。

笑尽一杯酒，杀人都市中。羞道易水寒，从令日贯虹。

燕丹事不立，虚没秦帝宫。武阳死灰人[5]，安可与成功。

【注释】

①凌轹（lì）：欺压，排挤。②白猿公：《吴越春秋》：处女北行见于王，道逢一翁，自称曰袁公。问处女：吾闻子善剑，愿一

见之。女曰：妾不敢有所隐，唯公试之。于是袁公即杖箖箊竹，竹枝上颉桥末堕地，女即接末，袁公则飞上树，变为白猿。 ③吴鸿：《吴越春秋》：阖闾命于国中作金钩，令曰：能善为钩者，赏之百金。吴作钩者甚众，有人贪王之重赏也，杀其二子，以血衅金，遂成二钩，献于阖闾，诣宫门而求赏。王曰："为钩者众，而子独求赏，何以异于众夫子之钩乎？"作钩者曰："吾之作钩也，贪而杀二子，衅成二钩。"王乃举众钩以视之："何者是也？"王钩甚多，形体相类，不知其所在。于是钩师向钩而呼二子之名："吴鸿，扈稽，我在于此，王不知汝之神也。"声绝于口，两钩俱飞，着父之胸。吴王大惊曰："寡人诚负于子！"乃赏百金，遂服而不离身。 ④剧孟：《史记》：剧孟以任侠显诸侯……行大类朱家，而好博，多年少之戏。 ⑤武阳死灰人：《燕丹子》：（荆轲与武阳）西入秦，至咸阳，因中庶子蒙白曰："燕太子丹畏大王之威，今奉樊于期首与督亢地图，愿为北蕃臣妾。"秦王喜。百官陪位，陛戟数百，见燕使者。轲奉于期首，武阳奉地图。钟鼓并发，群臣皆呼万岁。武阳大恐，两足不能相过，面如死灰色。

长干行二首

其一

妾发初覆额，折花门前剧。郎骑竹马来，绕床弄青梅。
同居长干里，两小无嫌猜。十四为君妇，羞颜未尝开。
低头向暗壁，千唤不一回。十五始展眉，愿同尘与灰。
常存抱柱信[①]，岂上望夫台。十六君远行，瞿塘滟滪堆。
五月不可触，猿声天上哀。门前迟行迹，一一生绿苔。
苔深不能扫，落叶秋风早。八月胡蝶来，双飞西园草。
感此伤妾心，坐愁红颜老。早晚下三巴，预将书报家。
相迎不道远，直至长风沙。

【注释】

①常存抱柱信：《史记》：尾声与女子期于梁下，女子不来，水至下去，抱柱而死。

其二

忆妾深闺里，烟尘不曾识。嫁与长干人，沙头候风色。
五月南风兴，思君下巴陵。八月西风起，想君发扬子。
去来悲如何，见少别离多。湘潭几日到？妾梦越风波。
昨夜狂风度，吹折江头树。淼淼暗无边，行人在何处？
好乘浮云骢，佳期兰渚东。鸳鸯绿蒲上，翡翠锦屏中。
自怜十五馀，颜色桃花红。那作商人妇，愁水复愁风。

古朗月行

小时不识月，呼作白玉盘。又疑瑶台镜，飞在青云端。
仙人垂两足，桂树何团团。白兔捣药成，问言与谁餐。
蟾蜍蚀圆影，大明夜已残。羿昔落九乌，天人清且安。
阴精此沦惑，去去不足观。忧来其如何，凄怆摧心肝。

白纻辞三首

其一

扬清歌，发皓齿，北方佳人东邻子。
且吟《白纻》停《绿水》，长袖拂面为君起。
寒云夜卷霜海空，胡风吹天飘塞鸿，玉颜满堂乐未终。

其二

馆娃日落歌吹深，月寒江清夜沉沉。
美人一笑千黄金，垂罗舞縠扬哀音。
郢中白雪且莫吟，子夜吴歌动君心。
动君心，冀君赏，愿作天池双鸳鸯，一朝飞去青云上。

其三

吴刀剪彩缝舞衣，明妆丽服夺春晖，
扬眉转袖若雪飞，倾城独立世所稀。
《激楚》《结风》醉忘归，高堂月落烛已微，玉钗挂缨君莫违。

妾薄命

汉帝重阿娇，贮之黄金屋。咳唾落九天，随风生珠玉。
宠极爱还歇，妒深情却疏。长门一步地，不肯暂回车。
雨落不上天，水覆难再收。君情与妾意，各自东西流。
昔日芙蓉花，今成断根草。以色事他人，能得几时好？

幽州胡马客歌

幽州胡马客，绿眼虎皮冠。笑拂两只箭，万人不可干。
弯弓若转月，白雁落云端。双双掉鞭行，游猎向楼兰。
出门不顾后，报国死何难。天骄五单于，狼戾好凶残。
牛马散北海，割鲜若虎餐。虽居燕支山，不道朔雪寒。
妇女马上笑，颜如赪[1]玉盘。翻飞射鸟兽，花月醉雕鞍。
旄头四光芒，争战若蜂攒。白刃洒赤血，流沙为之丹。
名将古谁是？疲兵良可叹。何时天狼灭，父子得安闲。

【注释】

①赪（chēng）：同“赬”，赤色。

门有车马客行

门有车马宾，金鞍耀朱轮。谓从丹霄落，乃是故乡亲。
呼儿扫中堂，坐客论悲辛。对酒两不饮，停觞泪盈巾。
叹我万里游，飘飘三十春。空谈帝王略，紫绶不挂身。
雄剑藏玉匣，阴符生素尘。廓落无所合，流离湘水滨。

借问宗党间，多为泉下人。生苦百战役，死托万鬼邻。
北风扬胡沙，埋翳周与秦。大运且如此，苍穹宁匪仁。
恻怆竟何道，存亡任大钧。

塞下曲六首

其一

五月天山雪，无花只有寒。笛中闻《折柳》，春色未曾看。
晓战随金鼓，宵眠抱玉鞍。愿将腰下剑，直为斩楼兰。

其二

天兵下北荒，胡马欲南饮。横戈从百战，直为衔恩甚。
握雪海上飡，拂沙陇头寝。何当破月氏，然后方高枕。

其三

骏马似风飙，鸣鞭出渭桥。弯弓辞汉月，插羽破天骄。
阵解星芒尽，营空海雾消。功成画麟阁[1]，独有霍嫖姚。

【注释】

①麟阁：《汉书》：宣帝思股肱之美，乃图画霍光等十一人于麒麟阁。

其四

白马黄金塞，云砂绕梦思。那堪愁苦节，远忆边城儿。
萤飞秋窗满，月度霜闺迟。摧残梧桐叶，萧飒沙棠枝。
无时独不见，流泪空自知。

其五

塞虏乘秋下，天兵出汉家。将军分虎竹，战士卧龙沙。
边月随弓影，胡霜拂剑花。玉关殊未入，少妇莫长嗟。

其六

烽火动沙漠，连照甘泉云。汉皇按剑起，还召李将军。
兵气天上合，鼓声陇底闻。横行负勇气，一战净妖氛。

塞上曲

大汉无中策，匈奴犯渭桥。五原秋草绿，胡马一何骄。命将征西极，横行阴山侧。燕支落汉家，妇女无花色。转战渡黄河，休兵乐事多。萧条清万里，瀚海寂无波。

玉阶怨

玉阶生白露，夜久侵罗袜。却下水精帘，玲珑望秋月。

襄阳曲四首

其一

襄阳行乐处，歌舞《白铜鞮》[①]。江城回渌水，花月使人迷。

【注释】

①白铜鞮（dī）：《隋书》：梁武帝之在雍镇，有童谣曰："襄阳白铜蹄，反缚扬州儿。"识者言，铜蹄谓马也；白，金色也。及义师之兴，实以铁骑，扬州之士皆面缚，如谣言。故即位之后，更造新声。帝自为之词三曲，又令沈约为三曲，以被弦管。后人改"蹄"为"鞮"，未详其义。

其二

山公醉酒时，酩酊高阳下。头上白接䍦，倒着还骑马。[①]

【注释】

①全诗四句：《世说新语》：山季伦为荆州，时出酣畅。人为之歌曰："山公时一醉，径造高阳池。日暮倒载归，酩酊无所知。复能乘骏马，倒着白接䍦。举手问葛强：何如并州儿？"高阳池在襄阳，强是其爱将，并州人也。䍦（lí）：白帽。

其三

岘山临汉江，水绿沙如雪。上有堕泪碑[①]，青苔久磨灭。

【注释】

①堕泪碑：《水经注》：岘山，羊祜之镇襄阳也，与邹润甫尝登之。及祜薨后，后人立碑于故处，望者悲感，杜元凯谓之堕泪碑。

其四

且醉习家池，莫看堕泪碑。山公欲上马，笑杀襄阳儿。

大堤曲

汉水临襄阳，花开大堤暖。佳期大堤下，泪向南云满。
春风复无情，吹我梦魂散。不见眼中人，天长音信断。

宫中行乐词八首

其一

小小生金屋，盈盈在紫微。山花插宝髻，石竹绣罗衣。
每出深宫里，常随步辇归。只愁歌舞散，化作彩云飞。

其二

柳色黄金嫩，梨花白雪香。玉楼巢翡翠，珠殿锁鸳鸯。
选妓随雕辇，徵歌出洞房。宫中谁第一？飞燕在昭阳。

其三

卢橘为秦树，蒲桃出汉宫。烟花宜落日，丝管醉春风。
笛奏龙鸣水，箫吟凤下空。君王多乐事，还与万方同。

其四

玉树春归日，金宫乐事多。后庭朝未入，轻辇夜相过。
笑出花间语，娇来烛下歌。莫教明月去，留着醉姮娥。

其五

绣户香风暖，纱窗曙色新。宫花争笑日，池草暗生春。
绿树闻歌鸟，青楼见舞人。昭阳桃李月，罗绮自相亲。

其六

今日明光里，还须结伴游。春风开紫殿，天乐下珠楼。
艳舞全知巧，娇歌半欲羞。更怜花月夜，宫女笑藏钩。

其七

寒雪梅中尽，春风柳上归。宫莺娇欲醉，檐燕语还飞。
迟日明歌席，新花艳舞衣。晚来移彩仗，行乐好光辉。

其八

水绿南薰殿，花红北阙楼。莺歌闻太液，凤吹绕瀛洲。
素女鸣珠佩，天人弄彩球。今朝风日好，宜入未央游。

清平调词三首

其一

云想衣裳花想容，春风拂槛露华浓。
若非群玉山头见，会向瑶台月下逢。

其二

一枝红艳露凝香，云雨巫山枉断肠。
借问汉宫谁得似，可怜飞燕倚新妆。

其三

名花倾国两相欢，长得君王带笑看。
解释春风无限恨，沈香亭北倚阑干。

东武吟

好古笑流俗，素闻贤达风。方希佐明主，长揖辞成功。
白日在高天，回光烛微躬。恭承凤凰诏，欻起云萝中。
清切紫霄迥，优游丹禁通。君王赐颜色，声价凌烟虹。
乘舆拥翠盖，扈从金城东。宝马丽绝景，锦衣入新丰。
依岩望松雪，对酒鸣丝桐。因学扬子云，献赋甘泉宫[①]。
天书美片善，清芬播无穷。归来入咸阳，谈笑皆王公。

一朝去金马，飘落成飞蓬。宾客日疏散，玉樽亦已空。

才力犹可倚，不惭世上雄。闲作《东武吟》，曲尽情未终。

书此谢知己，吾寻黄、绮翁[2]。

【注释】

①“因学”二句:《汉书》:扬雄待诏承明之庭，正月从上甘泉还，奏《甘泉赋》以风。 ②黄绮翁:《汉书》:汉兴有园公、绮里季、夏黄公、甪里先生，此四人者，当秦之世，避而入商雒深山，以待天下之定也。自高祖闻而召之，不至。其后吕后用留侯计，使皇太子卑辞束帛致礼，安车迎而致之。四人既至，从太子见，高祖客而敬焉，太子得以为重，遂用自安。

北上行

北上何所苦，北上缘太行。磴[1]道盘且峻，巉岩凌穹苍。

马足蹶侧石，车轮摧高岗。沙尘接幽州，烽火连朔方。

杀气毒剑戟，严风裂衣裳。奔鲸夹黄河，凿齿[2]屯洛阳。

前行无归日，返顾思旧乡。惨戚冰雪里，悲号绝中肠。

尺布不掩体，皮肤剧枯桑。汲水涧谷阻，采薪陇坂长。

猛虎又掉尾，磨牙皓秋霜。草木不可飡，饥饮零露浆。

叹此北上苦，停骖为之伤。何日王道平，开颜睹天光。

【注释】

①磴（dèng）:登山的石路。 ②凿齿:《淮南子》:尧之时，凿齿为民害，尧乃使羿诛凿齿于畴华之野。

丁都护歌

云阳上征去，两岸饶商贾。吴牛喘月[1]时，拖船一何苦。

水浊不可饮，壶浆半成土。一唱《都护歌》，心摧泪如雨。

万人凿盘石，无由达江浒。君看石芒砀，掩泪悲千古。

【注释】

①吴牛喘月：《世说新语》：满奋曰："臣犹吴牛，见月而喘。"刘孝标注：今之水牛惟生江、淮间，故谓之吴牛也。南土多暑，而此牛畏热，见月疑是日，所以见月则喘。

相逢行

朝骑五花马，谒帝出银台。秀色谁家子，云车珠箔开。
金鞭遥指点，玉勒近迟回。夹毂相借问，疑从天上来。
蹙入青绮门，当歌共衔杯。衔杯映歌扇，似月云中见。
相见不得亲，不如不相见。相见情已深，未语可知心。
胡为守空闺，孤眠愁锦衾。锦衾与罗帏，缠绵会有时。
春风正澹荡，暮雨来何迟。愿因三青鸟，更报长相思。
光景不待人，须臾发成丝。当年失行乐，老去徒伤悲。
持此道密意，无令旷佳期。

紫骝马

紫骝行且嘶，双翻碧玉蹄。临流不肯渡，似惜锦障泥。
白雪关山远，黄云海戍迷。挥鞭万里去，安得念春闺。

少年行二首

其一

击筑饮美酒，剑歌易水湄。经过燕太子，结托并州儿。
少年负壮气，奋烈自有时。因声鲁句践，争博勿相欺①。

【注释】

①"因声"两句：《史记》：荆轲游于邯郸，鲁勾践与荆轲博，争道，鲁勾践怒而叱之，荆轲嘿而逃去。至燕，爱燕之狗屠及善击筑者高渐离，日与狗屠及高渐离饮于燕市。酒酣以往，高渐离击

筑，荆轲和而歌于市中，相乐也，已而相泣，旁若无人。鲁勾践已闻荆轲之刺秦王，私曰："甚矣，吾不知人也。曩者吾叱之，彼乃以我为非人也。"鲁句践，又作"鲁勾践"。

其二

五陵年少金市东，银鞍白马度春风。
落花踏尽游何处，笑入胡姬酒肆中。

豫章行

胡风吹代马，北拥鲁阳关。吴兵照海雪，西讨何时还。
半渡上辽津，黄云惨无颜。老母与子别，呼天野草间。
白马绕旌旗，悲鸣相追攀。白杨秋月苦，早落豫章山。
本为休明人，斩虏素不闲。岂惜战斗死，为君扫凶顽。
精感石没羽，岂云惮险艰。楼船若鲸飞，波荡落星湾。
此曲不可奏，三军发成斑。

静夜思

床前明月光，疑是地上霜。举头望明月，低头思故乡。

从军行

从军玉门道，逐虏金微山。笛奏《梅花曲》，刀开明月环。
鼓声鸣海上，兵气拥云间。愿斩单于首，长驱静铁关。

春思

燕草如碧丝，秦桑低绿枝。当君怀归日，是妾断肠时。
春风不相识，何事入罗帏？

秋思

燕支黄叶落，妾望白登台。海上碧云断，单于秋色来。
胡兵沙塞合，汉使玉关回。征客无归日，空悲蕙草摧。

子夜吴歌四首

春歌

秦地罗敷女，采桑绿水边。素手青条上，红妆白日鲜。
蚕饥妾欲去，五马莫留连。

夏歌

镜湖三百里，菡萏发荷花。五月西施采，人看隘若耶。
回舟不待月，归去越王家。

秋歌

长安一片月，万户捣衣声。秋风吹不尽，总是玉关情。
何日平胡虏，良人罢远征。

冬歌

明朝驿使发，一夜絮征袍。素手抽针冷，那堪把剪刀。
裁缝寄远道，几日到临洮。

捣衣篇

闺里佳人年十馀，嚬[①]蛾对影恨离居。
忽逢江上春归燕，衔得云中尺素书。
玉手开缄长叹息，狂夫犹戍交河北。
万里交河水北流，愿为双鸟泛中洲。
君边云拥青丝骑，妾处苔生红粉楼。
楼上春风日将歇，谁能揽镜看愁发。
晓吹员管随落花，夜捣戎衣向明月。
明月高高刻漏长，真珠帘箔掩兰堂。

横垂宝幄同心结，半拂琼筵苏合香。
琼筵宝幄连枝锦，灯烛荧荧照孤寝。
有使凭将金剪刀，为君留下相思枕。
摘尽庭兰不见君，红巾拭泪生氤氲。
明年若更征边塞，愿作阳台一段云。

【注释】

①嚬（pín）：同“颦”。

长相思

日色欲尽花含烟，月明如素愁不眠。
赵瑟初停凤凰柱，蜀琴欲奏鸳鸯弦。
此曲有意无人传，愿随春风寄燕然。
忆君迢迢隔青天，昔时横波目，今作流泪泉。
不信妾肠断，归来看取明镜前。

猛虎行

朝作猛虎行，暮作猛虎吟。
肠断非关陇头水，泪下不为雍门琴[①]。
旌旗缤纷两河道，战鼓惊山欲倾倒。
秦人半作燕地囚[②]，胡马翻衔洛阳草。
一输一失关下兵，朝降夕叛幽、蓟城。
巨鳌未斩海水动，鱼龙奔走安得宁。
颇似楚汉时，翻覆无定止。
朝过博浪沙[③]，暮入淮阴市[④]。
张良未遇韩信贫，刘、项存亡在两臣。
暂到下邳受兵略，来投漂母作主人。
贤哲栖栖古如此，今时亦弃青云士。
有策不敢犯龙鳞，窜身南国避胡尘。

宝书玉剑挂高阁，金鞍骏马散故人。
昨日方为宣城客，掣铃交通二千石。
有时六博快壮心，绕床三匝呼一掷。
楚人每道张旭奇[5]，心藏风云世莫知。
三吴邦伯皆顾盼，四海雄侠两追随。
萧、曹曾作沛中吏，攀龙附凤当有时。
溧阳酒楼三月春，杨花茫茫愁杀人。
胡雏绿眼吹玉笛，吴歌《白纻》飞梁尘。
丈夫相见且为乐，槌牛挝鼓会众宾[6]。
我从此去钓东海[7]，得鱼笑寄情相亲。

【注释】

①泪下不为雍门琴：《说苑》：雍门子周以琴见孟尝君，孟尝君曰："先生鼓琴亦能令文悲乎？"雍门子周曰："……然臣之所为足下悲者，事也。夫声敌帝而困秦者，君也。连五国之约，南面而伐楚者，又君也。天下未尝无事，不从则横，从成则楚王，横成则秦帝。楚王秦帝，而报仇于弱薛，譬之摩萧斧而伐朝菌也，必不留行矣。天下有识之士无不为足下寒心者。千秋万岁之后，庙堂必不血食矣！"……雍门子周引琴而鼓之，徐动宫徵，微挥羽角，切终而成曲。孟尝君涕浪汗增，欷而就之曰："先生之鼓琴，令文若破国亡邑之人也。" ②秦人半作燕地囚：《太平御览》：《三秦记》曰：荆轲入秦，为燕太子报仇，把秦王衣袖曰："宁为秦地鬼，不为燕地囚。" ③朝过博浪沙：《潜夫论》：留侯张良，韩公族，姬姓也。秦始皇灭韩，良散家赀千万为韩报仇，击始皇于博浪沙中，误椎副车。秦索贼急，良乃变姓为张，匿于下邳，遇神仙黄石公遗之兵法。及沛公之起也，良往属焉。 ④暮入淮阴市：《史记》：韩信，淮阴人也。钓于城下，诸母漂，有一母见信饥，饭信，竟漂数十日。信谓漂母曰："吾必有以重报母。"母曰："吾哀王孙而进食，岂望报乎？"汉五年，信为楚王，至国召所从食漂母，赐千金。 ⑤楚人每道张旭奇：《宣和书谱》：张旭，苏州人，官至长史。初

为尝熟尉，时有老人持牒求判，信宿又来。旭怒而责之，老人曰：“爱公墨妙，欲家藏，无他也。”老人因复出其父书，旭视之，天下奇笔也，自是尽其法。旭喜酒，叫呼狂走方落笔。一日酒酣，以发濡墨作大字，既醒视之，自以为神，不可复得。尝言初见担夫争道，又闻鼓吹而知笔意，及观公孙大娘舞剑，然后得其神。其名本以颠草，而至于小楷行书又复不减草字之妙。其草字虽奇怪百出，而求其源流，无一点画不该规矩者。或谓张颠不颠者是也。后之论书，凡欧、虞、褚、薛皆有异论，至旭，无非短者。 ⑥槌牛挝鼓会众宾：《史记》：魏尚为云中守，五日一椎牛，飨宾客、军吏、舍人。 ⑦我从此去钓东海：《庄子》：任公子投竿东海，旦旦而钓。

卷三　古近体诗

襄阳歌

落日欲没岘山西，倒着接䍦花下迷。
襄阳小儿齐拍手，拦街争唱《白铜鞮》。
傍人借问笑何事，笑杀山公醉似泥。
鸬鹚杓①，鹦鹉杯，百年三万六千日，一日须倾三百杯。
遥看汉水鸭头绿，恰似葡萄初酦②醅。
此江若变作春酒，垒曲便筑糟丘台。
千金骏马换小妾③，笑坐雕鞍歌《落梅》。
车旁侧挂一壶酒，凤笙龙管行相催。
咸阳市中叹黄犬，何如月下倾金罍。
君不见晋朝羊公一片石，龟头剥落生莓苔。
泪亦不能为之堕，心亦不能为之哀。
清风朗月不用一钱买，玉山自倒非人推④。
舒州杓，力士铛，李白与尔同死生。
襄王云雨今安在？江水东流猿夜声。

【注释】

①杓（sháo）：同"勺"。 ②酦（pō）：酿酒。 ③千金骏马换小妾：《独异志》：后魏曹彰性倜傥，偶逢骏马，爱之，其主所惜也。彰曰："予有美妾，可换，惟君所选。"马主因指一妓，彰遂换之。 ④玉山自倒非人推：《世说新语》：嵇叔夜之为人也，岩岩若孤松之独立；其醉也，傀俄若玉山之将崩。

江上吟

木兰之枻[1]沙棠舟，玉箫金管坐两头。
美酒樽中置千斛，载妓随波任去留。
仙人有待乘黄鹤，海客无心随白鸥[2]。
屈平词赋悬日月，楚王台榭空山丘。
兴酣落笔摇五岳，诗成笑傲凌沧洲。
功名富贵若长在，汉水亦应西北流。

【注释】

①枻（yì）：船舷。②海客无心随白鸥：《列子》：海上之人有好鸥鸟者，每旦之海上，从鸥鸟游，鸥鸟之至者百住而不止。

玉壶吟

烈士击玉壶，壮心惜暮年。
三杯拂剑舞秋月，忽然高咏涕泗涟。
凤凰初下紫泥诏，谒帝称觞登御筵。
揄扬九重万乘主，谑浪赤墀青琐贤。
朝天数换飞龙马，敕赐珊瑚白玉鞭。
世人不识东方朔[1]，大隐金门是谪仙。
西施宜笑复宜颦，丑女效之徒累身。
君王虽爱蛾眉好，无奈宫中妒杀人。

【注释】

①世人不识东方朔：《史记》：东方朔行殿中，郎谓之曰："人皆以先生为狂。"朔曰："如朔者，所谓避世于朝廷间者也。古之人，乃避世于深山中。"时坐席中，酒酣，据地歌曰："陆沉于俗，避世金马门。宫殿中可以避世全身，何必深山之中、蒿芦之下！"金马门者，宦署门也，门旁有铜马，故谓之金马门。

西岳云台歌送丹丘子

西岳峥嵘何壮哉！黄河如丝天际来。
黄河万里触山动，盘涡毂转秦地雷。
荣光休气纷五彩，千年一清圣人在。
巨灵咆哮擘两山，洪波喷流射东海。
三峰却立如欲摧，翠崖丹谷高掌开。
白帝金精运元气，石作莲花云作台。
云台阁道连窈冥，中有不死丹丘生。
明星玉女备洒扫，麻姑搔背指爪轻。
我皇手把天地户，丹丘谈天与天语。
九重出入生光辉，东求蓬莱复西归。
玉浆傥惠故人饮，骑二茅龙上天飞①。

【注释】

①骑二茅龙上天飞：《列仙传》：呼子先者，汉中关下卜师也，老寿百馀岁。临去，呼酒家老妪曰："急装，当与妪共应中陵王。"夜有仙人持二茅狗来，至，呼子先。子先持一与酒家妪，得而骑之，乃龙也。上华阴山。

元丹丘歌

元丹丘，爱神仙，朝饮颍川之清流，暮还嵩岑之紫烟，三十六峰常周旋。

长周旋，蹑星虹，身骑飞龙耳生风，横河跨海与天通，我知尔游心无穷。

扶风豪士歌

洛阳三月飞胡沙，洛阳城中人怨嗟。
天津流水波赤血，白骨相撑如乱麻。

我亦东奔向吴国，浮云四塞道路赊。
东方日出啼早鸦，城门人开扫落花。
梧桐杨柳拂金井，来醉扶风豪士家。
扶风豪士天下奇，意气相倾山可移。
作人不倚将军势，饮酒岂顾尚书期[①]。
雕盘绮食会众客，吴歌赵舞香风吹。
原、尝、春陵六国时，开心写意君所知。
堂中各有三千士[②]，明日报恩知是谁?
抚长剑，一扬眉，清水白石何离离。
脱吾帽，向君笑；饮君酒，为君吟。
张良未逐赤松去，桥边黄石知我心[③]。

【注释】

①饮酒岂顾尚书期:《汉书》:陈遵嗜酒，每大饮，宾客满堂，辄关门，取客车辖投井中，虽有急，终不得去。尝有部刺史奏事，过遵，值其方饮，刺史大穷，候遵沾醉时，突入见遵母，叩头自白当对尚书有期会状，母乃令从后阁出去。遵大率常醉，然事亦不废。 ②堂中各有三千士:《论衡》:齐之孟尝、魏之信陵、赵之平原、楚之春申，待客下士，招会四方，各三千人。 ③“张良”二句:《史记》:留侯张良者，其先韩人也。……良尝闲从容步游下邳圯上，有一老父，衣褐，至良所，直堕其履圯下，顾谓良曰:“孺子，下取履!”良愕然，欲殴之，为其老，强忍，下取履。父曰:“履我!”良业为取履，因长跪履之。父以足受，笑而去。良殊大惊，随目之。父去里所，复还，曰:“孺子可教矣。后五日平明，与我会此。”良因怪之，跪曰:“诺。”五日平明，良往。父已先在，怒曰:“与老人期，后，何也?”去，曰:“后五日早会。”五日鸡鸣，良往。父又先在，复怒曰:“后，何也?”去，曰:“后五日复早来。”五日，良夜未半往。有顷，父亦来，喜曰:“当如是。”出一编书，曰:“读此则为王者师矣。后十年兴，十三年孺子见我济北，谷城山下黄石即我矣。”遂

去，无他言，不复见。旦日视其书，乃《太公兵法》也。良因异之，常习诵读之。

梁园吟

我浮黄河去京阙，挂席欲进波连山。
天长水阔厌远涉，访古始及平台间。
平台为客忧思多，对酒遂作《梁园歌》。
却忆蓬池阮公咏，因吟渌水扬洪波。
洪波浩荡迷旧国，路远西归安可得？
人生达命岂暇愁，且饮美酒登高楼。
平头奴子摇大扇，五月不热疑清秋。
玉盘杨梅为君设，吴盐如花皎白雪。
持盐把酒但饮之，莫学夷齐事高洁。
昔人豪贵信陵君，今人耕种信陵坟。
荒城虚照碧山月，古木尽入苍梧云。
梁王宫阙今安在？枚、马先归不相待①。
舞影歌声散渌池，空馀汴水东流海。
沉吟此事泪满衣，黄金买醉未能归。
连呼五白行六博，分曹赌酒酣驰晖。
歌且谣，意方远，东山高卧时起来，欲济苍生未应晚②。

【注释】

①枚、马先归不相待：《汉书》：枚乘，淮阴人，游梁，梁客皆善属词赋，乘尤高。司马相如，成都人。为武骑常侍，非其好也。是时梁孝王来朝，从游说之士邹阳、枚乘之徒，相如见而说之，因病免，客游梁，得与诸侯游士居。 ②“东山”二句：《世说新语》：谢公在东山，朝命屡降而不动，后出为桓宣武司马，将发新亭，朝士咸出瞻送。高灵时为中丞，亦往相祖。先时多少饮酒，因倚而醉，戏曰：“卿屡违朝旨，高卧东山，诸人每相与言：安石不肯出，将如

苍生何！今亦苍生将如君何！”

鸣皋歌送岑征君

若有人兮思鸣皋，阻积雪兮心烦劳。
洪河凌竞不可以径度，冰龙鳞兮难容舠。
邈仙山之峻极兮，闻天籁之嘈嘈。
霜崖缟皓以合沓兮，若长风扇海涌沧溟之波涛。
玄猿绿罴，舔舕[1]崟岌[2]，
危柯振石，骇胆慄魄，群呼而相号。
峰峥嵘以路绝，挂星辰于岩嶅[3]。
送君之归兮，动鸣皋之新作。
交鼓吹兮弹丝，觞清泠之池阁。
君不行兮何待，若返顾之黄鹄。
扫梁园之群英，振《大雅》于东洛。
巾征轩兮历阻折，寻幽居兮越巘崿[4]。
盘白石兮坐素月，琴松风兮寂万壑。
望不见兮心氛氲，萝冥冥兮霰纷纷。
水横洞以下渌，波小声而上闻。
虎啸谷而生风，龙藏溪而吐云。
冥鹤清唳，饥鼯[5]嚬呻。
块独处此幽默兮，愀空山而愁人。
鸡聚族以争食，凤孤飞而无邻。
蝘蜓[6]嘲龙，鱼目混珍。
嫫母衣锦，西施负薪。
若使巢由桎梏于轩冕兮，
亦奚异于夔龙蹩躠[7]于风尘？
哭何苦而救楚，笑何夸而却秦！
吾诚不能学二子沽名矫节以耀世兮，

固将弃天地而遗身。

白鸥兮飞来，长与君兮相亲。

【注释】

①舔談（tàn）：吐舌貌。②崟岌（yín jí）：高而险的山。③嶅（áo）：山多小石。④巘崿（yǎn è）：山崖。⑤鼯（wú）：鼯鼠，鸟名。⑥蝘（yǎn）蜓：壁虎，状似龙。⑦蹩躠（bié xiè）：跛行貌。

劳劳亭歌

金陵劳劳送客堂，蔓草离离生道旁。古情不尽东流水，此地悲风愁白杨。

我乘素舸同康乐，朗咏清川飞夜霜。昔闻牛渚吟五章，今来何谢袁家郎①。

苦竹寒声动秋月，独宿空帘归梦长。

【注释】

①“昔闻”二句：《世说注》：《续晋阳秋》：袁虎少有逸才，文章绝丽，曾有《咏史诗》，是其风情所寄。少孤而贫，以运租为业。镇西谢尚时镇牛渚，乘秋佳风月，率尔与左右微服泛江，会虎在运租船中讽咏，声既清会，辞又藻拔，非尚所曾闻，遂往听之。乃遣问讯，答曰：“是袁临汝郎，诵诗即其《咏史》之作也。”尚佳其率有兴致，即遣要迎，谈话申旦。自此名誉日茂。

横江词六首

其一

人道横江好，侬道横江恶。一风三日吹倒山，白浪高于瓦官阁。

其二

海潮南去过寻阳，牛渚由来险马当。

横江欲渡风波恶，一水牵愁万里长。

其三

横江西望阻西秦，汉水东连扬子津。
白浪如山那可渡，狂风愁杀峭帆人。

其四

海神来过恶风回，浪打天门石壁开。
浙江八月何如此，涛似连山喷雪来。

其五

横江馆前津吏迎，向余东指海云生。
郎今欲渡缘何事，如此风波不可行。

其六

月晕天风雾不开，海鲸东蹙百川回。
惊波一起三山动，公无渡河归去来。

金陵城西楼月下吟

金陵夜寂凉风发，独上高楼望吴越。
白云映水摇空城，白露垂珠滴秋月。
月下沉吟久不归，古来相接眼中稀。
解道澄江净如练，令人长忆谢玄晖。

白云歌送刘十六归山

楚山、秦山皆白云，白云处处长随君。
长随君，君入楚山里，云亦随君渡湘水。
湘水上，女萝衣，白云堪卧君早归。

秋浦歌十七首

其一

秋浦长似秋，萧条使人愁。客愁不可度，行上东大楼。

正西望长安，下见江水流。寄言向江水，汝意忆侬不？
遥传一掬泪，为我达扬州。

其二

秋浦猿夜愁，黄山堪白头。青溪非陇水，翻作断肠流。
欲去不得去，薄游成久游。何年是归日，雨泪下孤舟。

其三

秋浦锦驼鸟，人间天上稀。山鸡羞渌水，不敢照毛衣。

其四

两鬓入秋浦，一朝飒已衰。猿声催白发，长短尽成丝。

其五

秋浦多白猿，超腾若飞雪。牵引条上儿，饮弄水中月。

其六

愁作秋浦客，强看秋浦花。山川如剡县，风日似长沙。

其七

醉上山公马，寒歌宁戚牛。空吟白石烂，泪满黑貂裘。

其八

秋浦千重岭，水车岭最奇。天倾欲堕石，水拂寄生枝。

其九

江祖一片石，青天扫画屏。题诗留万古，绿字锦苔生。

其十

千千石楠树，万万女贞林。山山白鹭满，涧涧白猿吟。
君莫向秋浦，猿声碎客心。

其十一

逻人横鸟道，江祖出鱼梁。水急客舟疾，山花拂面香。

其十二

水如一匹练，此地即平天。耐可乘明月，看花上酒船。

其十三

渌水净素月，月明白鹭飞。郎听采菱女，一道夜歌归。

其十四

炉火照天地，红星乱紫烟。赧郎明月夜，歌曲动寒川。

其十五

白发三千丈，缘愁似个长。不知明镜里，何处得秋霜。

其十六

秋浦田舍翁，采鱼水中宿。妻子张白鹇，结罝[①]映深竹。

【注释】

①罝（jū）：网。

其十七

桃波一步地，了了语声闻。闇[①]与山僧别，低头礼白云。

【注释】

①闇（àn）：默。

当涂赵炎少府粉图山水歌

峨眉高出西极天，罗浮直与南溟连。
名工绎思挥彩笔，驱山走海置眼前。
满堂空翠如可扫，赤城霞气苍梧烟。
洞庭潇湘意渺绵，三江七泽情洄沿。
惊涛汹涌向何处，孤舟一去迷归年。
征帆不动亦不旋，飘如随风落天边。
心摇目断兴难尽，几时可到三山巅？
西峰峥嵘喷流泉，横石蹙水波潺湲。
东崖合沓蔽轻雾，深林杂树空芊绵。
此中冥昧失昼夜，隐几寂听无鸣蝉。
长松之下列羽客，对坐不语南昌仙[①]。
南昌仙人赵夫子，妙年历落青云士。
讼庭无事罗众宾，杳然如在丹青里。
五色粉图安足珍，真山可以全吾身。

若待功成拂衣去，武陵桃花笑杀人。

【注释】

①南昌仙：《水经注》：汉成帝时，九江梅福为南昌尉，后一旦舍妻子去九江，传云得仙。

永王东巡歌十一首

其一

永王正月东出师，天子遥分龙虎旗。
楼船一举风波静，江汉翻为雁鹜池。

其二

三川北虏乱如麻，四海南奔似永嘉。
但用东山谢安石，为君谈笑静胡沙。

其三

雷鼓嘈嘈喧武昌，云旗猎猎过寻阳。
秋毫不犯[1]三吴悦，春日遥看五色光。

【注释】

①秋毫不犯：《后汉纪》：邓禹佐命，位冠诸臣，尝言曰："我尝将百万众，秋毫不犯，未尝妄杀一人，子孙必当大兴。"

其四

龙盘虎踞帝王州，帝子金陵访古丘。
春风试暖昭阳殿，明月还过鳷鹊楼[1]。

【注释】

①鳷（zhī）鹊楼：南朝楼阁名，在今江苏南京。

其五

二帝巡游俱未回，五陵[1]松柏使人哀。
诸侯不救河南地，更喜贤王远道来。

【注释】

①五陵：唐高祖、太宗、高宗、中宗、睿宗之陵。

其六

丹阳北固是吴关，画出楼台云水间。
千岩烽火连沧海，两岸旌旗绕碧山。

其七

王出三江按五湖，楼船跨海次扬都。
战舰森森罗虎士，征帆一一引龙驹。

其八

长风挂席势难回，海动山倾古月摧。
君看帝子浮江日，何似龙骧出峡来①。

【注释】

①何似龙骧出峡来：《晋书》：咸宁五年十一月，大举伐吴，遣龙骧将军王浚、广武将军唐彬，率巴蜀之卒，浮江而下。

其九

祖龙浮海不成桥①，汉武寻阳空射蛟②。
我王楼舰轻秦、汉，却似文皇欲渡辽。

【注释】

①祖龙浮海不成桥：祖龙，秦始皇也。《三齐略记》：始皇于海中作石桥，海神为之竖柱。始皇求与相见，神曰：我形丑，莫图我形，当与帝相见。及入海四十里见海神。左右莫动手，工人潜以脚画其状，神怒曰：帝负约，速去。始皇转马还，前脚犹立，后脚随奔，仅得登岸，画者溺死于海，众山之石皆倾注。 ②汉武寻阳空射蛟：《汉书》：元封五年冬，行南巡狩，自寻阳浮江，亲射蛟江中，获之。

其十

帝宠贤王入楚关，扫清江汉始应还。
初从云梦开朱邸，更取金陵作小山。

其十一

试借君王玉马鞭，指挥戎虏坐琼筵。

南风一扫胡尘静，西入长安到日边。

峨眉山月歌

峨眉山月半轮秋，影入平羌江水流。
夜发清溪向三峡，思君不见下渝州。

峨眉山月歌送蜀僧晏入中京

我在巴东三峡时，西看明月忆峨眉。
月出峨眉照沧海，与人万里长相随。
黄鹤楼前月华白，此中忽见峨眉客。
峨眉山月还送君，风吹西到长安陌。
长安大道横九天，峨眉山月照秦川。
黄金师子乘高座[①]，白玉麈尾谈重玄[②]。
我似浮云滞吴越，君逢圣主游丹阙。
一振高名满帝都，归时还弄峨眉月。

【注释】

①黄金师子乘高座：《法苑珠林》：龟兹王造金师子座，以大秦锦褥铺之，令鸠摩罗什升而说法。 ②白玉麈尾谈重玄：《世说新语》：王夷甫容貌整丽，妙于谈玄，恒捉白玉柄麈尾，与手都无分别。

赤壁歌送别

二龙争战决雌雄，赤壁楼船扫地空。
烈火张天照云海，周瑜于此破曹公。
君去沧江望澄碧，鲸鲵[①]唐突留馀迹。
一一书来报故人，我欲因之壮心魄。

【注释】

①鲸鲵：《左传》：古者明王伐不敬，取其鲸鲵而封之，以为

大戮。杜预注：鲸鲵，大鱼名，以喻不义之人吞食小国。

江夏行

忆昔娇小姿，春心亦自持。为言嫁夫婿，得免长相思。
谁知嫁商贾，令人却愁苦。自从为夫妻，何曾在乡土。
去年下扬州，相送黄鹤楼。眼看帆去远，心逐江水流。
只言期一载，谁谓历三秋。使妾肠欲断，恨君情悠悠。
东家西舍同时发，北去南来不逾月。
未知行李游何方，作个音书能断绝。
适来往南浦，欲问西江船。正见当垆女，红妆二八年。
一种为人妻，独自多悲凄。对镜便垂泪，逢人只欲啼。
不如轻薄儿，旦暮长相随。悔作商人妇，青春长别离。
如今正好同欢乐，君去容华谁得知。

怀仙歌

一鹤东飞过沧海，放心散漫知何在？
仙人浩歌望我来，应攀玉树长相待。
尧、舜之事不足惊，自馀嚣嚣直可轻。
巨鳌莫载三山去，我欲蓬莱顶上行。

玉真仙人词

玉真之仙人，时往太华峰。清晨鸣天鼓，飙欻腾双龙。
弄电不辍手[1]，行云本无踪。几时入少室，王母应相逢。

【注释】

①弄电不辍手：《汉武帝内传》：东方朔昔为太上使，令到方丈助三天司命收录仙家。朔到方丈，但务游戏，了不共营和气，擅弄雷电，激波扬风，风雨失时，阴阳错迕。

清溪行

清溪清我心，水色异诸水。借问新安江，见底何如此？
人行明镜中，鸟度屏风里。向晚猩猩啼，空悲远游子。

临路歌

大鹏飞兮振八裔，中天摧兮力不济。
馀风激兮万世，游扶桑兮挂石袂。
后人得之传此，仲尼亡兮谁为出涕？

草书歌行

少年上人号怀素，草书天下称独步。
墨池飞出北溟鱼，笔锋杀尽中山兔。
八月九月天气凉，酒徒词客满高堂。
笺麻素绢排数箱，宣州石砚墨色光。
吾师醉后倚绳床，须臾扫尽数千张。
飘风骤雨惊飒飒，落花飞雪何茫茫。
起来向壁不停手，一行数字大如斗。
怳怳[①]如闻神鬼惊，时时只见龙蛇走。
左盘右蹙如惊电，状同楚汉相攻战。
湖南七郡凡几家，家家屏障书题遍。
王逸少[②]，张伯英[③]，古来几许浪得名。
张颠[④]老死不足数，我师此义不师古。
古来万事贵天生，何必要公孙大娘浑脱舞[⑤]。

【注释】

①怳怳（huǎng huǎng）：同“恍恍”。②王逸少：《世说注》：《文字志》曰：王羲之，字逸少，琅邪临沂人，善草隶。③张伯英：《后汉书》：张芝，字伯英，弘农人，善草书。④张颠：《国史

补》：张旭草书得笔法，后传崔邈、颜真卿。旭言：“始吾见公主、担夫争路，而得笔法之意。后见公孙氏舞剑器，而得其神。”旭饮醉，辄草书，挥笔大叫，以头揾水墨中而书之，天下呼为张颠。醒后自视，以为神异，不可复得。⑤公孙大娘浑脱舞：《乐府杂录》：开元中有公孙大娘善舞剑器。僧怀素见之，草书遂长，盖准其顿挫之势也。浑脱，唐时舞名。

赠孟浩然

吾爱孟夫子，风流天下闻。红颜弃轩冕，白首卧松云。
醉月频中圣①，迷花不事君。高山安可仰，徒此揖清芬。

【注释】

①中圣：《三国志》：魏国初建，（徐邈）为尚书郎，时科酒禁，而邈私饮至于沉醉。校事赵达问以曹事，邈曰：“中圣人。”达白之太祖，太祖甚怒。鲜于辅进曰：“平日醉客，谓酒清者为圣人，浊者为贤人。邈性修慎，偶醉言耳。”竟坐得免刑。

赠从兄襄阳少府皓

结发未识事，所交尽豪雄。却秦不受赏，击晋宁为功。
小节岂足言，退耕舂陵东。归来无产业，生事如转蓬。
一朝乌裘敝，百镒黄金空①。弹剑徒激昂，出门悲路穷。
吾兄青云士，然诺闻诸公。所以陈片言，片言贵情通。
棣华傥不接②，甘与秋草同。

【注释】

①“一朝”二句：《战国策》：苏秦说秦王，书十上而说不行，黑貂之裘敝，黄金百斤尽。②棣华傥不接：《左传》：召穆公思周德之不类，故纠合宗族于成周，而作诗，曰：常棣之华，鄂不韡韡，凡今之人，莫如兄弟。

玉真公主别馆苦雨赠卫尉张卿二首

其一

秋坐金、张馆，繁阴昼不开。空烟迷雨色，萧飒望中来。
翳翳昏垫苦，沉沉忧恨催。清秋何以慰，白酒盈吾杯。
吟咏思管、乐，此人已成灰。独酌聊自勉，谁贵经纶才。
弹剑谢公子，无鱼良可哀①。

【注释】

①“弹剑”二句：《史记》：冯驩弹其剑而歌曰：“长铗归来乎，食无鱼。”

其二

苦雨思白日，浮云何由卷。稷、卨①和天人，阴阳乃骄蹇。
秋霖剧倒井，昏雾横绝巘。欲往咫尺涂，遂成山川限。
潨潨②奔溜闻，浩浩惊波转。泥沙塞中途，牛马不可辨③。
饥从漂母食，闲缀羽陵简④。园家逢秋蔬，藜藿不满眼。
蟏蛸⑤结思幽，蟋蟀伤褊浅。厨灶无青烟，刀机生绿藓。
投箸解鹔鹴，换酒醉北堂⑥。丹徒布衣者，慷慨未可量。
何时黄金盘，一斛荐槟榔⑦。功成拂衣去，摇曳沧洲傍。

【注释】

①卨（xiè）：“契”的古字。②潨潨（cōng）：水流声。③牛马不可辨：《庄子》：秋水时至，百川灌河，泾流之大，两涘渚涯之间不辨牛马。④羽陵简：《穆天子传》：天子东游，次于雀梁，蠹书于羽陵。⑤蟏蛸（xiāo shāo）：蜘蛛的一种，长脚，俗名蟢子。⑥“投箸”二句：《西京杂记》：司马相如以所着鹔鹴裘就市人杨昌贳酒。鹔鹴（sù shuāng），鸟名，颈长，羽绿。⑦“何时”二句：《南史》：穆之少时，家贫诞节，嗜酒食，不修拘检。好往妻兄

家乞食，多见辱，不以为耻。其妻江嗣女，甚明识，每禁不令往江氏。后有庆会，属令勿来。穆之犹往，食毕求槟榔。江氏兄弟戏之曰："槟榔消食，君乃常饥，何忽须此？"……及穆之为丹阳尹，将召妻兄弟，妻泣而稽颡以致谢。穆之曰："本不匿怨，无所致忧。"及至醉饱，穆之乃令厨人以金盘贮槟榔一斛以进之。

赠韦秘书子春

谷口郑子真，躬耕在岩石。高名动京师[1]，天下皆籍籍。
斯人竟不起，云卧从所适。苟无济代心，独善亦何益。
惟君家世者，偃息逢休明。谈天信浩荡，说剑纷纵横。
谢公不徒然，起来为苍生。秘书何寂寂，无乃羁豪英。
且复归碧山，安能恋金阙。旧宅樵渔地，蓬蒿已应没。
却顾女几峰，胡颜见云月。徒为风尘苦，一官已白发。
气同万里合，访我来琼都。披云睹青天[2]，扪虱话良图[3]。
留侯将绮里，出处未云殊。终与安社稷，功成去五湖[4]。

【注释】

①"谷口"三句：《高士传》：郑朴，字子真，谷口人也。修道静默，世服其清高。成帝时，大将军王凤以礼聘之，遂不屈。扬雄盛称其德曰："谷口郑子真，耕于岩石之下，名振京师。" ②披云睹青天：《世说新语》：卫伯玉为尚书，见乐广与中朝名士谈议，命子弟造之。曰："此人，人之水镜也。见之若披云雾，睹青天。" ③扪虱话良图：《晋书》：桓温入关，王猛被褐诣之，一面谈当世之事，扪虱而言，旁若无人。 ④五湖：《吴越春秋》：范蠡乃乘扁舟，出三江，入五湖，人莫知其所适。

赠何七判官昌浩

有时忽惆怅，匡坐至夜分。平明空啸咤，思欲解世纷。

心随长风去，吹散万里云。羞作济南生，九十诵古文[①]。

不然拂剑起，沙漠收奇勋。老死阡陌间，何因扬清芬。

夫子今管、乐，英才冠三军。终与同出处，岂将沮、溺群。

【注释】

①“羞作”二句：《汉书》：伏生，济南人也，故为秦博士。孝文时，求能治《尚书》者，天下无有。闻伏生治之，欲召，时伏生年九十馀，老不能行。于是诏太常，使掌故晁错往受之。

读诸葛武侯传书怀赠长安崔少府叔封昆季

汉道昔云季，群雄方战争。霸图各未立，割据资豪英。

赤伏起颓运，卧龙得孔明。当其南阳时，陇亩躬自耕。

鱼水三顾合，风云四海生。武侯立岷蜀，壮志吞咸京。

何人先见许，但有崔州平。余亦草间人，颇怀拯物情。

晚途值子玉[①]，华发同衰荣。托意在经济，结交为弟兄。

无令管与鲍，千载独知名。

【注释】

①子玉：《后汉书》：崔瑗，字子玉，早孤，锐志好学，尽能传其父业。与扶风马融、南阳张衡特相友好。

驾去温泉宫后赠杨山人

少年落魄楚、汉间，风尘萧瑟多苦颜。

自言管、葛竟谁许，长吁莫错还闭关。

一朝君王垂拂拭，剖心输丹雪胸臆。

忽蒙白日回景光，直上青云生羽翼。

幸陪鸾辇出鸿都，身骑飞龙天马驹。

王公大人借颜色，金璋紫绶来相趋。

当时结交何纷纷，片言道合唯有君。

待吾尽节报明主，然后相携卧白云。

赠裴十四

朝见裴叔则，朗如行玉山[1]。
黄河落天走东海，万里写入胸怀间。
身骑白鼋不敢度，金高南山买君顾。
徘徊六合无相知，飘若浮云且西去。

【注释】

①“朝见”二句：《世说新语》：裴令公有俊容仪，脱冠冕，粗服乱头皆好。时人以为玉人。见者曰：“见裴叔则如玉山上行，光映照人。”

赠崔侍郎

黄河三尺鲤，本在孟津居。点额不成龙，归来伴凡鱼。
故人东海客，一见借吹嘘。风涛傥相见，更欲凌昆墟。

赠参寥子

白鹤飞天书，南荆访高士。五云在岘山，果得参寥子。
肮脏辞故园，昂藏入君门。天子分玉帛，百官接话言。
毫墨时洒落，探玄有奇作。著论穷天人[1]，千春秘麟阁。
长揖不受官，拂衣归林峦。余亦去金马，藤萝同所攀。
相思在何处，桂树青云端。

【注释】

①著论穷天人：《世说新语》：何平叔注《老子》始成，诣王辅嗣，见王注精奇，乃神服曰：“若斯人，可与论天人之际矣。”

赠清漳明府侄聿

我李百万叶[1]，柯条布中州。天开青云器，日为苍生忧。

小邑且割鸡[2]，大刀伫烹牛。雷声动四境，惠与清漳流。
弦歌咏唐尧，脱落隐簪组。心和得天真，风俗犹太古。
牛羊散阡陌，夜寝不扃户。问此何以然？贤人宰吾土。
举邑树桃李，垂阴亦流芬。河堤绕渌水，桑柘连青云。
赵女不冶容，提笼昼成群。缲丝鸣机杼，百里声相闻。
讼息鸟下阶，高卧披道帙。蒲鞭挂檐枝，示耻无扑抶[3]。
琴清月当户，人寂风入室。长啸无一言，陶然上皇逸。
白玉壶冰水，壶中见底清。清光洞毫发，皎洁照群情。
赵北美嘉政，燕南播高名。过客览行谣，因之诵德声。

【注释】

①我李百万叶：唐以老子为祖，李白与聿皆帝室之胄。叶，世。 ②小邑且割鸡：《史记》：子游为武城宰，孔子过，闻弦歌之声，莞尔而笑曰："割鸡焉用牛刀？" ③"蒲鞭"二句：《后汉书》：刘宽迁南阳太守，吏人有过，但用蒲鞭罚之，示辱而已，绝不加苦。抶（chì）：用鞭、杖或竹板之类的东西打。

邺中赠王大，劝入高凤石门山幽居

一身竟无托，远与孤蓬征。千里失所依，复将落叶并。
中途偶良朋，问我将何行。欲献济时策，此心谁见明。
君王制六合，海塞无交兵。壮士伏草间，沉忧乱纵横。
飘飘不得意，昨发南都城。紫燕枥上嘶，青萍匣中鸣。
投躯寄天下，长啸寻豪英。耻学琅邪人，龙蟠事躬耕[1]。
富贵吾自取，建功及春荣。我愿执尔手，尔方达我情。
相知同一己，岂唯弟与兄。抱子弄白云，琴歌发清声。
临别意难尽，各希存令名。

【注释】

①"耻学"二句：《后汉纪》：琅邪阳都人诸葛亮，字孔明，躬耕陇亩，好为《梁父吟》。

赠新平少年

韩信在淮阴，少年相欺凌。屈体若无骨，壮心有所凭。

一遭龙颜君，啸咤从此兴。千金答漂母，万古共嗟称。

而我竟何为，寒苦坐相仍。长风入短袂，内手如怀冰。

故友不相恤，新交宁见矜。摧残槛中虎，羁绁[①]鞲[②]上鹰。

何时腾风云，搏击申所能。

【注释】

①绁（xiè）：系，拴。 ②鞲（gōu）：套在手臂上用来架鹰的皮套袖。

赠崔侍御

长剑一杯酒，男儿方寸心。洛阳因剧孟，托宿话胸襟。

但仰山岳秀，不知江海深。长安复携手，再顾重千金。

君乃輶轩佐[①]，余叨翰墨林。高风摧秀木，虚弹落惊禽。

不取回舟兴[②]，而来命驾寻[③]。扶摇应借力，桃李愿成阴。

笑吐张仪舌[④]，愁为庄舄吟[⑤]。谁怜明月夜，肠断听秋砧。

【注释】

①君乃輶（yóu）轩佐：《风俗通》："周、秦常以岁八月遣輶轩之使，求异代方言，还奏籍之，藏于秘室。 ②不取回舟兴：《世说新语》：王子猷居山阴，夜大雪，眠觉开室，命酌酒，四望皎然。因起彷徨，咏左思招隐诗。忽忆戴安道，时戴在剡，即便夜乘小船就之。经宿方至，造门不前而返。人问其故，王曰："吾本乘兴而行，兴尽而反，何必见戴？" ③而来命驾寻：《世说新语》：嵇

康与吕安善，每一相思，千里命驾。④张仪舌：《史记》：张仪尝从楚相饮，已而楚相亡璧，门下意张仪，曰："仪贫无行，此必盗相君之璧。"共执张仪，掠笞数百，不服，释之。其妻曰："嘻！子无读书游说，安得此辱乎？"张仪谓其妻曰："视吾舌尚在否？"其妻笑曰："舌在也。"仪曰："足矣。"⑤庄舄（xì）吟：《史记》：越人庄舄仕楚执珪，有顷而病。楚王曰："舄，故越之鄙人也，今仕楚执珪，富贵矣，亦思越否？"中谢曰："凡人之思故，在其病也。彼思越则越声，不思越则楚声。"使人往听之，犹尚越声也。

走笔赠独孤驸马

都尉朝天跃马归，香风吹人花乱飞。
银鞍紫鞚照云日，左顾右盼生光辉。
是时仆在金门里，待诏公车谒天子。
长揖蒙垂国士恩，壮心剖出酬知己。
一别蹉跎朝市间，青云之交不可攀。
傥其公子重回顾，何必侯嬴长抱关①。

【注释】

①何必侯嬴长抱关：《史记》：魏有隐士曰侯嬴，年七十，家贫，为大梁夷门监者。公子数厚遗之，不肯受。公子于是乃置酒大会宾客。坐定，公子从车骑，虚左自迎侯生。侯生摄敝衣冠，直上载公子上坐，不让。又谓公子曰："臣有客在市屠中，愿枉车骑过之。"公子引车入市，侯生下见其客朱亥，俾倪故久立，与其客语，微察公子，公子颜色愈和，乃谢客就车。至家，公子引侯生坐上坐，偏赞宾客。酒酣，侯生谓公子曰："嬴乃夷门抱关者也，而公子亲枉车骑，自迎嬴于众人广坐之中，不宜有所过，今公子故过之。然嬴欲就公子之名，故久立公子车骑市中，过客以观公子，公子愈恭。市人皆以嬴为小人，而以公子为长者能下士也。"于是罢酒，侯生遂为上客。

上李邕

大鹏一日同风起，抟摇直上九万里。
假令风歇时下来，犹能簸却沧溟水。
世人见我恒殊调，见余大言皆冷笑。
宣父犹能畏后生，丈夫未可轻年少。

书情题蔡舍人雄

尝高谢太傅，携妓东山门[①]。楚舞醉碧云，吴歌断清猿。
暂因苍生起，谈笑安黎元。余亦爱此人，丹霄冀飞翻。
遭逢圣明主，敢进兴亡言。白璧竟何辜，青蝇遂成冤。
一朝去京国，十载客梁园。猛犬吠九关，杀人愤精魂。
皇穹雪冤枉，白日开昏氛。太阶得夔龙，桃李满中原。
倒海索明月，凌山采芳荪。愧无横草功，虚负雨露恩。
迹谢云台阁，心随天马辕。夫子王佐才[②]，而今复谁论。
层飙振六翮，不日思腾骞。我纵五湖棹，烟涛恣崩奔。
梦钓子陵湍，英风缅犹存。徒希客星隐，弱植不足援。
千里一回首，万里一长歌。黄鹤不复来，清风奈愁何。
舟浮潇湘月，山倒洞庭波。投汨笑古人，临濠得天和[③]。
闲时田亩中，搔背牧鸡鹅。别离解相访，应在武陵多。

【注释】

①“尝高”二句：《世说新语》：谢安在东山畜妓，简文曰：“安石必出，既与人同乐，不得不与人同忧。” ②夫子王佐才：《汉书》：刘向称董仲舒有王佐之材，虽伊、吕无以加。 ③临濠得天和：《庄子》：庄子与惠子游于濠梁之上，庄子曰：“儵鱼出游从容，是鱼乐也。”惠子曰：“子非鱼，安知鱼之乐？”庄子曰：“子非我，安知我不知鱼之乐？”

忆襄阳旧游赠马少府巨

昔为大堤客，曾上山公楼。开窗碧嶂满，拂镜沧江流。
高冠佩雄剑，长揖韩荆州。此地别夫子，今来思旧游。
朱颜君未老，白发我先秋。壮志恐蹉跎，功名若云浮。
归心结远梦，落日悬春愁。空思羊叔子，堕泪岘山头。

叙旧赠江阳宰陆调

太伯让天下，仲雍扬波涛①。清风荡万古，迹与星辰高。
开吴食东溟，陆氏世英髦。多君秉古节，岳立冠人曹。
风流少年时，京、洛事游遨。腰间延陵剑，玉带明珠袍。
我昔斗鸡徒，连延五陵豪。邀遮相组织，呵吓来煎熬。
君开万丛人，鞍马皆辟易。告急清宪台，脱余北门厄。
间宰江阳邑，剪棘树兰芳。城门何肃穆，五月飞秋霜。
好鸟集珍木，高才列华堂。时从府中归，丝管俨成行。
但苦隔远道，无由共衔觞。江北荷花开，江南杨梅鲜。
挂席候海色，乘风下长川。多酤新丰醁，满载剡溪船。
中途不遇人，直到尔门前。大笑同一醉，取乐平生年。

【注释】

①“太伯”二句：《汉书》：周太王长子太伯，次曰仲雍，次曰公季。公季有圣子昌，太王欲传国焉。太伯、仲雍辞行采药，遂奔荆蛮。公季嗣位，至昌为西伯，受命而王。故孔子美而称曰：“太伯，可谓至德也已矣！三以天下让，民无得而称焉。”太伯初奔荆蛮，荆蛮归之，号曰句吴。太伯卒，仲雍立，至曾孙周章，而武王克殷，因而封之。

赠溧阳宋少府陟

李斯未相秦，且逐东门兔。宋玉事襄王，能为《高唐赋》。

尝闻《绿水曲》，忽此相逢遇。扫洒青天开，豁然披云雾。

葳蕤紫鸾鸟，巢在昆山树。惊风西北吹，飞落南溟去。

早怀经济策，特受龙颜顾。白玉栖青蝇，君臣忽行路。

人生感分义，贵欲呈丹素。何日清中原，相期廓天步。

醉后赠从甥高镇

马上相逢揖马鞭，客中相见客中怜。
欲邀击筑悲歌饮，正值倾家无酒钱。
江东风光不借人，枉杀落花空自春。
黄金逐手快意尽，昨日破产今朝贫。
丈夫何事空啸傲？不如烧却头上巾。
君为进士不得进，我被秋霜生旅鬓。
时清不及英豪人，三尺童儿唾廉、蔺。
匣中盘剑装䱜鱼[①]，闲在腰间未用渠。
且将换酒与君醉，醉归托宿吴专诸[②]。

【注释】

①䱜（què）鱼：《太平御览》：《南越志》：䱜鱼，南越谓之环雷鱼，长二丈，其鳞皮有珠文可以饰刀剑。 ②吴专诸：《吴越春秋》：专诸，堂邑人也。伍胥之亡楚如吴时，遇之于涂，因相其貌，碓颡而深目，虎膺而熊背，戾于从难，知其勇士，阴而结之，欲以为用。

望九华山赠青阳韦仲堪

昔在九江上，遥望九华峰。天河挂绿水，秀出九芙蓉。

我欲一挥手，谁人可相从？君为东道主，于此卧云松。

赠王判官，时余归隐居庐山屏风叠

昔别黄鹤楼，蹉跎淮海秋。俱飘零落叶，各散洞庭流。

中年不相见，蹭蹬游吴越。何处我思君？天台绿萝月。

会稽风月好，却绕剡溪回。云山海上出，人物镜中来。

一度浙江北，十年醉楚台。荆门倒屈、宋，梁苑倾邹、枚。

苦笑我夸诞，知音安在哉？大盗割鸿沟[1]，如风扫秋叶。

吾非济代人，且隐屏风叠。中夜天中望，忆君思见君。

明朝拂衣去，永与海鸥群。

【注释】

①割鸿沟：《史记》：项羽乃与汉王约，中分天下，割鸿沟而西者为汉，鸿沟而东者为楚。

在水军宴赠幕府诸侍御

月化五白龙[1]，翻飞凌九天。胡沙惊北海，电扫洛阳川。

虏箭雨宫阙，皇舆成播迁。英王受庙略，秉钺清南边。

云旗卷海雪，金戟罗江烟。聚散百万人，弛张在一贤。

霜台降群彦，水国奉戎旃。绣服开宴语，天人借楼船。

如登黄金台，遥谒紫霞仙。卷身编蓬下，冥机四十年。

宁知草间人，腰下有龙泉[2]。浮云在一决[3]，誓欲清幽燕。

愿与四座公，静谈金匮篇。齐心戴朝恩，不惜微躯捐。

所冀旄头灭，功成追鲁连。

【注释】

①月化五白龙：《十六国春秋》：慕容熙建始元年，太史丞梁延年梦月化为五白龙。梦中占之曰：月，臣也。龙，君也。月化为龙，当有臣为君者。　②龙泉：《越绝书》：欧冶子、干将凿茨山，泄其溪，取铁英，作为铁剑三枚，一曰龙渊，二曰太阿，三曰工布。龙

泉即龙渊也，唐人避高祖讳，改称龙渊为龙泉。③浮云在一决：《庄子》：上决浮云，下绝地纪。

流夜郎赠辛判官

昔在长安醉花柳，五侯七贵同杯酒。
气岸遥凌豪士前，风流肯落他人后。
夫子红颜我少年，章台走马着金鞭。
文章献纳麒麟殿，歌舞淹留玳瑁筵。
与君自谓长如此，宁知草动风尘起。
函谷忽惊胡马来，秦宫桃李向明开。
我愁远谪夜郎去，何日金鸡放赦回[1]。

【注释】

①何日金鸡放赦回：《旧唐书》：凡国有赦宥之事，先集囚徒于阙下，命卫尉树金鸡，待宣制讫，乃释之。

经乱离后，天恩流夜郎，忆旧游书怀赠江夏韦太守良宰

天上白玉京，十二楼五城。仙人抚我顶，结发受长生。
误逐世间乐，颇穷理乱情。九十六圣君，浮云挂空名。
天地赌一掷，未能忘战争。试涉霸王略，将期轩冕荣。
时命乃大谬[1]，弃之海上行。学剑翻自哂，为文竟何成。
剑非万人敌[2]，文窃四海声。儿戏不足道，五噫出西京。
临当欲去时，慷慨泪沾缨。叹君倜傥才，标举冠群英。
开筵引祖帐，慰此远徂征。鞍马若浮云，送余骠骑亭。
歌钟不尽意，白日落昆明。十月到幽州，戈铤[3]若罗星。
君王弃北海，扫地借长鲸。呼吸走百川，燕然可摧倾。
心知不得语，却欲栖蓬、瀛。弯弧惧天狼，挟矢不敢张。

揽涕黄金台，呼天哭昭王[4]。无人贵骏骨，绿耳空腾骧[5]。

乐毅倘再生，于今亦奔亡。蹉跎不得意，驱马过贵乡。

逢君听弦歌，肃穆坐华堂。百里独太古，陶然卧羲皇。

征乐昌乐馆，开筵列壶觞。贤豪间青娥，对烛俨成行。

醉舞纷绮席，清歌绕飞梁。欢娱未终朝，秩满归咸阳。

祖道拥万人，供帐遥相望。一别隔千里，荣枯异炎凉。

炎凉几度改，九土中横溃。汉甲连胡兵，沙尘暗云海。

草木摇杀气，星辰无光彩。白骨成丘山，苍生竟何罪？

函关壮帝居，国命悬哥舒。长戟三十万，开门纳凶渠。

公卿奴犬羊，忠谠[6]醢与菹[7]。二圣出游豫，两京遂丘墟。

帝子许专征，秉旄控强楚。节制非桓、文，军师拥熊虎。

人心失去就，贼势腾风雨。惟君固房陵，诚节冠终古。

仆卧香炉顶，餐霞漱瑶泉。门开九江转，枕下五湖连。

半夜水军来，浔阳满旌旃。空名适自误，迫胁上楼船。

徒赐五百金，弃之若浮烟。辞官不受赏，翻谪夜郎天。

夜郎万里道，西上令人老。扫荡六合清，仍为负霜草。

日月无偏照，何由诉苍昊。良牧称神明[8]，深仁恤交道。

一忝青云客，三登黄鹤楼。顾惭祢处士，虚对鹦鹉洲。

樊山霸气尽，寥落天地秋。江带峨眉雪，川横三峡流。

万舸此中来，连帆过扬州。送此万里目，旷然散我愁。

纱窗倚天开，水树绿如发。窥日畏衔山，促酒喜得月。

吴娃与越艳，窈窕夸铅红。呼来上云梯，含笑出帘栊。

对客小垂手，罗衣舞春风。宾跪请休息，主人情未极。

览君荆山作，江、鲍堪动色。清水出芙蓉，天然去雕饰。

逸兴横素襟，无时不招寻。朱门拥虎士，列戟何森森。

剪凿竹石开，萦流涨清深。登楼坐水阁，吐论多英音。
片辞贵白璧，一诺轻黄金。谓我不愧君，青鸟明丹心。
五色云间鹊，飞鸣天上来。传闻赦书至，却放夜郎回。
暖气变寒谷，炎烟生死灰。君登凤池去，勿弃贾生才。
桀犬尚吠尧，匈奴笑千秋。中夜四五叹，常为大国忧。
旌旆夹两山，黄河当中流。连鸡不得进⑨，饮马空夷犹。
安得羿善射，一箭落旄头⑩。

【注释】

①时命乃大谬：《庄子》：古之所谓隐士者，非伏其身而弗见也，非闭其言而不出也，非藏其知而不发也，时命大谬也。②剑非万人敌：《史记》：项籍少时，学书不成，去学剑，又不成。项梁怒之，籍曰："书足以记名姓而已，剑一人敌，不足学，学万人敌。" ③铤（chán）：短矛。 ④"揽涕"二句：《战国策》：昭王曰："寡人将谁朝而可？"郭隗先生曰："臣闻古之君人，有以千金求千里马者，三年不能得，涓人言于君曰：'请求之。'君遣之。三月得千里马，马已死，买其首五百金，反以报君。君大怒曰：'所求者生马，安事死马而捐五百金？'涓人对曰：'死马且买之五百金，况生马乎？天下必以王为能市马，马今至矣！'于是不能期年，千里之马至者三。今王诚欲致士，先从隗始；隗且见事，况贤于隗者乎？岂远千里哉！"于是昭王为隗筑宫而师之。乐毅自魏往，邹衍自齐往，剧辛自赵往，士争凑燕。 ⑤骧（xiāng）：昂首奔驰。 ⑥谠（dǎng）：正直的言论。 ⑦醢（hǎi）与菹（zū）：菹醢，把人剁成肉酱的一种酷刑。 ⑧良牧称神明：《北史》：崔士谦授江陵总管、荆州刺史，外御强敌，内抚军人，风化大行，号称良牧。 ⑨连鸡不得进：《战国策》：诸侯不可一，犹连鸡之不能俱止于栖，亦明矣。连，以绳系之。连鸡，比喻当时诸节度使辈。 ⑩旄（máo）头：星宿名，即昴。古人认为旄头是胡星，星光特别亮时，预示将有胡兵入侵。此处指安史叛军。

江夏赠韦南陵冰

胡骄马惊沙尘起，胡雏饮马天津水。
君为张掖近酒泉，我窜三巴九千里。
天地再新法令宽，夜郎迁客带霜寒。
西忆故人不可见，东风吹梦到长安。
宁期此地忽相遇，惊喜茫如堕烟雾。
玉箫金管喧四筵，苦心不得申长句。
昨日绣衣倾绿樽，病如桃李竟何言！
昔骑天子大宛马，今乘款段诸侯门。
赖遇南平豁方寸，复兼夫子持清论。
有似山开万里云，四望青天解人闷。
人闷还心闷，苦辛长苦辛。
愁来饮酒二千石，寒灰重暖生阳春。
山公醉后能骑马，别是风流贤主人。
头陀云月多僧气，山水何曾称人意。
不然鸣笳按鼓戏沧流，呼取江南女儿歌棹讴。
我且为君捶碎黄鹤楼，君亦为吾倒却鹦鹉洲。
赤壁争雄如梦里，且须歌舞宽离忧。

赠卢司户

秋色无远近，出门尽寒山。白云遥相识，待我苍梧间。
借问卢耽鹤[①]，西飞几岁还。

【注释】

①卢耽鹤：《水经注》：邓德明《南康记》曰：昔有卢耽，仕州为治中。少栖仙术，善解云飞，每夕辄凌虚归家，晓则还州。尝于元会至朝，不及朝列，化为白鹤，至阁前回翔欲下，威仪以石掷之，得一只履，耽惊还就列，内外左右莫不骇异。

赠从弟南平太守之遥二首

其一

少年不得意，落魄无安居。愿随任公子，欲钓吞舟鱼。
常时饮酒逐风景，壮心遂与功名疏。
兰生谷底人不锄，云在高山空卷舒。
汉家天子驰驷马，赤车蜀道迎相如。
天门九重谒圣人，龙颜一解四海春。
彤庭左右呼万岁，拜贺明主收沉沦。
翰林秉笔回英盼，麟阁峥嵘谁可见？
承恩初入银台门，著书独在金銮殿。
龙驹雕镫白玉鞍，象床绮席黄金盘。
当时笑我微贱者，却来请谒为交欢。
一朝谢病游江海，畴昔相知几人在？
前门长揖后门关，今日结交明日改。
爱君山岳心不移，随君云雾迷所为。
梦得池塘生春草，使我长价登楼诗①。
别后遥传临海作，可见羊、何共和之②。

【注释】

①“梦得”二句:《南史》:谢惠连年十岁,能属文,族兄灵运嘉赏之,云:“每有篇章,对惠连辄得佳语。”尝于永嘉西堂思诗,竟日不就,忽梦见惠连,即得“池塘生春草”,大以为工。尝曰:“此语有神助,非吾语也。”谢灵运有《登池上楼》诗:“池塘生春草,园柳变鸣禽。” ②“别后”二句:谢灵运又有《登临海峤初发强中作与从弟惠连可见羊何共和之》诗一首。羊、何,谓泰山羊璿之、东海何长瑜,与灵运、惠连以文章赏会,共为山泽之游。

其二

东平与南平，今古两步兵①。素心爱美酒，不是顾专城。

谪官桃源去，寻花几处行。秦人如旧识，出户笑相迎。

【注释】

①“东平”二句：太白自注：南平时因饮酒过度，贬武陵。《晋书》：阮籍拜东平相，不以政事为务，沉醉日多。阮籍曾为步兵校尉，称阮步兵。

赠张相镐二首

其一

神器难窃弄，天狼窥紫宸。六龙迁白日，四海暗胡尘。
昊穹降元宰，君子方经纶。澹然养浩气，欻起持大钧。
秀骨象山岳，英谋合鬼神。佐汉解鸿门，生唐为后身。
拥旄秉金钺，伐鼓乘朱轮。虎将如雷霆，总戎向东巡。
诸侯拜马首，猛士骑鲸鳞。泽被鱼鸟悦，令行草木春。
圣智不失时，建功及良辰。丑虏安足纪？可贻帼与巾[①]。
倒泻溟海珠，尽为入幕珍。冯异献赤伏，邓生欻来臻。
庶同昆阳举，再睹汉仪新。昔为管将鲍，中奔吴隔秦。
一生欲报主，百代期荣亲。其事竟不就，哀哉难重陈。
卧病宿松山，苍茫空四邻。风云激壮志，枯槁惊常伦。
闻君自天来，目张气益振。亚夫得剧孟，敌国空无人。
扪虱对桓公，愿得论悲辛。大块方噫气，何辞鼓青苹。
斯言傥不合，归老汉江滨。

【注释】

①可贻帼与巾：《资治通鉴》：司马懿与诸葛亮相守百馀日。亮数挑战，懿不出。亮乃遗懿巾帼妇人之服，懿怒，上表请战，帝使卫尉辛毗仗节为军师以制之。护军姜维谓亮曰：“辛佐治仗节而到，贼不复出矣。”亮曰：“彼本无战情，所以固请战者，以示武于其众耳。将在军，君命有所不受，苟能制吾，岂千里而请战邪？”

其二

本家陇西人，先为汉边将。功略盖天地，名飞青云上。
苦战竟不侯，当年颇惆怅。世传崆峒勇，气激金风壮。
英烈遗厥孙，百代神犹王。十五观奇书，作赋凌相如。
龙颜惠殊宠，麟阁凭天居。晚途未云已，蹭蹬遭谗毁。
想象晋末时，崩腾胡尘起。衣冠陷锋镝，戎虏盈朝市。
石勒窥神州，刘聪劫天子。抚剑夜吟啸，雄心日千里。
誓欲斩鲸鲵，澄清洛阳水。六合洒霖雨，万物无凋枯。
我挥一杯水，自笑何区区。因人耻成事，贵欲决良图。
灭虏不言功，飘然陟方壶。惟有安期舄，留之沧海隅。

宿清溪主人

夜到清溪宿，主人碧岩里。檐楹挂星斗，枕席响风水。
月落西山时，啾啾夜猿起。

巴陵赠贾舍人

贾生西望忆京华，湘浦南迁莫怨嗟[1]。
圣主恩深汉文帝，怜君不遣到长沙。

【注释】

①“贾生”二句：《史记》：贾生年少，通诸子百家之书。文帝召以为博士，超迁，一岁中至太中大夫。后亦疏之，不用其议，乃以为长沙王太傅。贾生既辞往行，闻长沙卑湿，自以寿不得长，又以谪去，意不自得。及渡湘水，为赋以吊屈原。

赠从弟洌

楚人不识凤，重价求山鸡。献主昔云是[1]，今来方觉迷。
自居漆园北，久别咸阳西。风飘落日去，节变流莺啼。
桃李寒未开，幽关岂来蹊。逢君发花萼，若与青云齐。

及此桑叶绿，春蚕起中闺。日出布谷鸣，田家拥锄犁。
顾余乏尺土，东作谁相携。傅说降霖雨，公输造云梯。
羌、戎事未息，君子悲涂泥。报国有长策，成功羞执珪。
无由谒明主，杖策还蓬藜。他年尔相访，知我在磻溪[②]。

【注释】

①“楚人”三句：《太平广记》：楚人有担山鸡者，路人问曰：“何鸟也？”担者欺之曰：“凤凰也。”路人曰：“我闻凤凰久矣，今真见之，汝卖之乎？”曰：“然。”乃酬十金，弗与；请加倍，乃与之。方将献楚王，经宿而鸟死。路人不遑恤其金，惟恨不得以献王。国人传之，咸以为真凤而贵，宜欲献之，遂闻于楚王。王感其欲献己也，召而厚赐之，过买凤之价十倍。②磻（pán）溪：《水经注》：磻溪中有泉，谓之兹泉，泉水潭积，自成渊渚，即《吕氏春秋》所谓太公钓兹泉也。

赠黄山胡公求白鹇　并序

闻黄山胡公有双白鹇。盖是家鸡所伏，自小驯狎，了无惊猜，以其名呼之，皆就掌取食。然此鸟耿介，尤难畜之。余平生酷好，竟莫能致。而胡公辍赠于我。唯求一诗。闻之欣然，适会宿意，因援笔三叫。文不加点以赠之。

请以双白璧，买君双白鹇。白鹇白如锦，白雪耻容颜。
照影玉潭里，刷毛琪树间。夜栖寒月静，朝步落花闲。
我愿得此鸟，玩之坐碧山。胡公能辍赠，笼寄野人还。

经乱后将避地剡中，留赠崔宣城

双鹅飞洛阳，五马渡江徼[①]。何意上东门，胡雏更长啸。
中原走豺虎，烈火焚宗庙。太白昼经天，颓阳掩馀照。
王城皆荡覆，世路成奔峭。四海望长安，颦眉寡西笑。
苍生疑落叶，白骨空相吊。连兵似雪山，破敌谁能料。

我垂北溟翼，且学南山豹[2]。崔子贤主人，欢娱每相召。

胡床紫玉笛，却坐青云叫。杨花满州城，置酒同临眺。

忽思剡溪去，水石远清妙。雪昼天地明，风开湖山貌。

闷为洛生咏[3]，醉发吴、越调。赤霞动金光，日足森海峤。

独散万古意，闲垂一溪钓。猿近天上啼，人移月边棹。

无以墨绶苦，来求丹砂要。华发长折腰，将贻陶公诮[4]。

【注释】

①徼（jiào）：边界。 ②南山豹：《列女传》：南山有玄豹，雾雨七日而不下食者，何也？欲以泽其毛而成文章也，故藏而远害。 ③闷为洛生咏：《世说新语》：人问顾长康："何以不作洛生咏？"答曰："何至作老婢声？"刘孝标注：洛下书生，咏音重浊，故云老婢声。 ④将贻陶公诮：《南史》：陶潜为彭泽令，郡遣督邮至，县吏白应束带见之，潜叹曰："我不能为五斗米，折腰向乡里小人！"即日解印绶去职，赋《归去来》以遂其志。

赠汪伦

李白乘舟将欲行，忽闻岸上踏歌声。桃花潭水深千尺，不及汪伦送我情。

安陆白兆山桃花岩寄刘侍御绾

云卧三十年，好闲复爱仙。蓬壶虽冥绝，鸾凤心悠然。

归来桃花岩，得憩云窗眠。对岭人共语，饮潭猿相连。

时升翠微上，邈若罗浮巅。两岑抱东壑，一嶂横西天。

树杂日易隐，崖倾月难圆。芳草换野色，飞萝摇春烟。

入远构石室，选幽开山田。独此林下意，杳无区中缘。

永辞霜台客，千载方来旋。

淮南卧病书怀，寄蜀中赵征君蕤

吴会一浮云，飘如远行客。功业莫从就，岁光屡奔迫。

良图俄弃捐，衰疾乃绵剧。古琴藏虚匣，长剑挂空壁。

楚怀奏钟仪[①]，越吟比庄舄。国门遥天外，乡路远山隔。

朝忆相如台，夜梦子云宅。旅情初结缉，秋气方寂历。

风入松下清，露出草间白。故人不可见，幽梦谁与适。

寄书西飞鸿，赠尔慰离析。

【注释】

①楚怀奏钟仪：《左传》：晋侯观于军府，见钟仪，问之曰："南冠而絷者谁也？"有司对曰："郑人所献楚囚也。"使税之，问其族，对曰："伶人也。"公曰："能乐乎？"对曰："先父之职官也，敢有二事。"使与之琴，操南音。范文子曰："乐操土风，不忘旧也。"

望终南山寄紫阁隐者

出门见南山，引领意无限。秀色难为名，苍翠日在眼。

有时白云起，天际自舒卷。心中与之然，托兴每不浅。

何当造幽人，灭迹栖绝巘。

沙丘城下寄杜甫

我来竟何事，高卧沙丘城。城边有古树，日夕连秋声。

鲁酒不可醉，齐歌空复情。思君若汶水，浩荡寄南征。

闻王昌龄左迁龙标，遥有此寄

杨花落尽子规啼，闻道龙标过五溪。

我寄愁心与明月，随风直到夜郎西。

忆旧游寄谯郡元参军

忆昔洛阳董糟丘，为余天津桥南造酒楼。
黄金白璧买歌笑，一醉累月轻王侯。
海内贤豪青云客，就中与君心莫逆。
回山转海不作难，倾情倒意无所惜。
我向淮南攀桂枝，君留洛北愁梦思。
不忍别，还相随。相随迢迢访仙城，三十六曲水回萦。
一溪初入千花明，万壑度尽松风声。
银鞍金络到平地，汉东太守来相迎。
紫阳之真人，邀我吹玉笙。
餐霞楼上动仙乐，嘈然宛似鸾凤鸣。
袖长管催欲轻举，汉中太守醉起舞。
手持锦袍覆我身，我醉横眠枕其股。
当筵意气凌九霄，星离雨散不终朝，分飞楚关山水遥。
余既还山寻故巢，君亦归家度渭桥。
君家严君勇貔虎，作尹并州遏戎虏。
五月相呼渡太行，摧轮不道羊肠苦。
行来北凉岁月深，感君贵义轻黄金。
琼杯绮食青玉案，使我醉饱无归心。
时时出向城西曲，晋祠流水如碧玉。
浮舟弄水箫鼓鸣，微波龙鳞莎草绿。
兴来携妓恣经过，其若杨花似雪何。
红妆欲醉宜斜日，百尺清潭写翠娥。
翠娥婵娟初月辉，美人更唱舞罗衣。
清风吹歌入空去，歌曲自绕行云飞。
此时行乐难再遇，西游因献《长杨赋》。
北阙青云不可期，东山白首还归去。

渭桥南头一遇君，酂台之北又离群。
问余别恨今多少，落花春暮争纷纷。
言亦不可尽，情亦不可及。
呼儿长跪缄此辞，寄君千里遥相忆。

月夜江行寄崔员外宗之

飘飖江风起，萧飒海树秋。登舻美清夜，挂席移轻舟。
月随碧山转，水合青天流。杳如星河上，但觉云林幽。
归路方浩浩，徂川去悠悠。徒悲蕙草歇，复听菱歌愁。
岸曲迷后浦，沙明瞰前洲。怀君不可见，望远增离忧。

寄东鲁二稚子

吴地桑叶绿，吴蚕已三眠。我家寄东鲁，谁种龟阴田。
春事已不及，江行复茫然。南风吹归心，飞堕酒楼前。
楼东一株桃，枝叶拂青烟。此树我所种，别来向三年。
桃今与楼齐，我行尚未旋。娇女字平阳，折花倚桃边。
折花不见我，泪下如流泉。小儿名伯禽，与姐亦齐肩。
双行桃树下，抚背复谁怜。念此失次第，肝肠日忧煎。
裂素写远意，因之汶阳川。

庐山谣寄庐侍御虚舟

我本楚狂人，凤歌笑孔丘[①]。
手持绿玉杖，朝别黄鹤楼。
五岳寻仙不辞远，一生好入名山游。
庐山秀出南斗旁，屏风九叠云锦张，影落明湖青黛光。
金阙前开二峰长，银河倒挂三石梁，
香炉瀑布遥相望，回崖沓嶂凌苍苍。
翠影红霞映朝日，鸟飞不到吴天长。

登高壮观天地间，大江茫茫去不还。
黄云万里动风色，白波九道流雪山。
好为庐山谣，兴因庐山发。
闲窥石镜清我心，谢公行处苍苔没。
早服还丹无世情，琴心三叠道初成。
遥见仙人彩云里，手把芙蓉朝玉京。
先期汗漫九垓上，愿接卢敖游太清②。

【注释】

①“我本”二句:《高士传》:陆通,字接舆,楚人也。好养性,躬耕以为食。楚昭王时,通见楚政无常,乃佯狂不仕,时人谓之楚狂。孔子适楚,接舆游其门,曰:“凤兮凤兮,何如德之衰也!来世不可待,往世不可追也。天下有道,圣人成焉;天下无道,圣人生焉。方今之时,仅免刑焉。福轻乎羽,莫之知载;祸重乎地,莫之知避。已乎已乎,临人以德;殆乎殆乎,画地而趋。迷阳迷阳,无伤吾行;却曲却曲,无伤吾足。山木,自寇也;膏火,自煎也。桂可食,故伐之;漆可用,故割之。人皆知有用之用,而不知无用之用也。”孔子下车,欲与之言,趋而避之,不得与之言。楚王闻陆通贤,遣使者持金百镒、车马二驷往聘,曰:“王请先生治江南。”通笑而不应,使者去。妻从市来,曰:“先生少而为义,岂老违之哉,门外车迹何深也?妾闻义士非礼不动,妾事先生,躬耕以自食,亲织以为衣,食饱衣暖,其乐自足矣,不如去之。”于是夫负釜甑,妻戴纴器,变名易姓,游诸名山。食桂栌实,服黄精子,隐蜀峨眉山,寿数百年,俗传以为仙云。 ②“先期”二句:《淮南子》:卢敖游于北海,经乎太阴,入乎玄阙,至于蒙谷之上,见一士焉,深目而玄鬓,泪注而鸢肩,丰上而杀下,轩轩然,方迎风而舞。顾见卢敖,慢然下其臂,遁逃乎碑下。卢敖就而视之,方倨龟壳而食蛤梨。卢敖与之语,曰:“惟敖为背群离党,穷观于六合之外者,非敖而已乎?敖幼而好游,至长不渝。周行四极,惟北阴之未窥。今卒睹夫子于是,子殆

可与敖为友乎？”若士者蓊然而笑曰：“吾与汗漫期于九垓之外，吾不可以久驻。”若士举臂而竦身，遂入云中。

下寻阳城，泛彭蠡，寄黄判官

浪动灌婴井，寻阳江上风。开帆入天镜，直向彭湖东。
落影转疏雨，晴云散远空。名山发佳兴，清赏亦何穷。
石镜挂遥月，香炉灭彩虹。相思俱对此，举目与君同。

自汉阳病酒归，寄王明府

去岁左迁夜郎道，琉璃砚水长枯槁。
今年敕放巫山阳，蛟龙笔翰生辉光。
圣主还听《子虚赋》，相如却欲论文章[1]。
愿扫鹦鹉洲，与君醉百场。
啸起白云飞七泽，歌吟渌水动三湘。
莫惜连船沽美酒，千金一掷买春芳。

【注释】

①“圣主”二句：《史记》：蜀人杨得意为狗监，侍上。上读《子虚赋》而善之，曰：“朕独不得与此人同时哉！”得意曰：“臣邑人司马相如自言为此赋。”上惊，乃召问相如。相如曰：“有是。然此乃诸侯之事，未足观也。请为天子游猎赋。”赋成，奏之，上许令尚书给笔札。相如以“子虚”，虚言也，为楚称。“乌有先生”者，乌有此事也，为齐难。“无是公”者，无是人也，明天子之义。故空藉此三人为辞，以推天子诸侯之苑囿，其卒章归之于节俭，因以讽谏。奏之天子，天子大说。

早春寄王汉阳

闻道春还未相识，走傍寒梅访消息。
昨夜东风入武阳，陌头杨柳黄金色。

碧水浩浩云茫茫，美人不来空断肠。
预拂青山一片石，与君连日醉壶觞。

秋日鲁郡尧祠亭上宴别杜补阙范侍御

我觉秋兴逸，谁云秋兴悲。山将落日去，水与晴空宜。
鲁酒白玉壶，送行驻金羁。歇鞍憩古木，解带挂横枝。
歌鼓川上亭，曲度神飙吹。云归碧海夕，雁没青天时。
相失各万里，茫然空尔思。

梦游天姥吟留别

海客谈瀛洲，烟涛微茫信难求。
越人语天姥，云霞明灭或可睹。
天姥连天向天横，势拔五岳掩赤城。
天台四万八千丈，对此欲倒东南倾。
我欲因之梦吴越，一夜飞度镜湖月。
湖月照我影，送我至剡溪。
谢公宿处今尚在，渌水荡漾清猿啼。
脚著谢公屐[①]，身登青云梯。
半壁见海日，空中闻天鸡[②]。
千岩万转路不定，迷花倚石忽已暝。
熊咆龙吟殷岩泉，慄深林兮惊层巅。
云青青兮欲雨，水澹澹兮生烟。
列缺霹雳，丘峦崩摧。
洞天石扇，訇然中开。
青冥浩荡不见底，日月照耀金银台。
霓为衣兮风为马，云之君兮纷纷而来下。
虎鼓瑟兮鸾回车，仙之人兮列如麻。
忽魂悸以魄动，恍惊起而长嗟。

惟觉时之枕席，失向来之烟霞。
世间行乐亦如此，古来万事东流水。
别君去兮何时还，且放白鹿青崖间，
须行即骑访名山。
安能摧眉折腰事权贵，使我不得开心颜。

【注释】

①谢公屐：《南史》：谢灵运寻山陟岭，必造幽峻。岩嶂数十重，莫不备尽登蹑。尝着木屐，上山则去其前齿，下山去其后齿。 ②空中闻天鸡：《述异记》：东南有桃都山，上有大树，曰桃都，枝相去三千里。上有天鸡，日初出照此木，天鸡则鸣，天下之鸡皆随之鸣。

留别于十一兄逖裴十三游塞垣

太公渭川水，李斯上蔡门。
钓周猎秦安黎元，小鱼鵔①兔何足言。
天张云卷有时节，吾徒莫叹羝触藩。
于公白首大梁野，使人怅望何可论。
既知朱亥为壮士，且愿束心秋毫里。
秦、赵虎争血中原，当去抱关救公子。
裴生览千古，龙鸾炳天章。
悲吟雨雪动林木，放书辍剑思高堂②。
劝尔一杯酒，拂尔裘上霜。
尔为我楚舞，吾为尔楚歌。
且探虎穴向沙漠，鸣鞭走马凌黄河。
耻作易水别，临歧泪滂沱。

【注释】

①鵔（jùn）：狡兔。 ②“悲吟”二句：《艺文类聚》：《琴操》曰：曾子耕太山之下，天雨雪，冻，旬日不得归。思其父母，作《梁山歌》。

留别王司马嵩

鲁连卖谈笑，岂是顾千金。陶朱虽相越，本有五湖心。

余亦南阳子，时为《梁甫吟》。苍山容偃蹇，白日惜颓侵。

愿一佐明主，功成还旧林。西来何所为，孤剑托知音。

鸟爱碧山远，鱼游沧海深。呼鹰过上蔡，卖畚向嵩岑①。

他日闲相访，丘中有素琴。

【注释】

①卖畚向嵩岑：《晋书》：王猛，字景略，北海剧人也，家于魏郡。少贫贱，以鬻畚为业。尝货畚于洛阳，乃有一人贵买其畚，而云无直，自言："家去此无远，可随我取直。"猛利其贵而从之，行不觉远，忽至深山，见一父老，须发皓然，踞胡床而坐，左右十许人，有一人引猛进拜之。父老曰："王公何缘拜也！"乃十倍偿畚直，遣人送之。猛既出，顾视，乃嵩高山也。

别储邕之剡中

借问剡中道，东南指越乡。舟从广陵去，水入会稽长。

竹色溪下绿，荷花镜里香。辞君向天姥，拂石卧秋霜。

金陵酒肆留别

风吹柳花满店香，吴姬压酒唤客尝。

金陵子弟来相送，欲行不行各尽觞。

请君试问东流水，别意与之谁短长。

黄鹤楼送孟浩然之广陵

故人西辞黄鹤楼，烟花三月下扬州。

孤帆远影碧山尽，唯见长江天际流。

渡荆门送别

渡远荆门外，来从楚国游。山随平野尽，江入大荒流。
月下飞天镜，云生结海楼。仍连故乡水，万里送行舟。

闻李太尉大举秦兵百万出征东南，懦夫请缨，冀申一割之用，半道病还，留别金陵崔侍御十九韵

秦出天下兵，蹴踏燕、赵倾。黄河饮马竭，赤羽连天明。
太尉杖旄钺，云骑绕彭城。三军受号令，千里肃雷霆。
函谷绝飞鸟，武关拥连营。意在斩巨鳌，何论鲙长鲸。
恨无左车略[1]，多愧鲁连生。拂剑照严霜，雕戈鬘胡缨。
愿雪会稽耻，将期报恩荣。半道谢病还，无因东南征。
亚夫未见顾，剧孟阻先行。天夺壮士心，长吁别吴京。
金陵遇太守，倒屣欣逢迎[2]。群公咸祖饯，四座罗朝英。
初发临沧观，醉栖征虏亭。旧国见秋月，长江流寒声。
帝车信回转，河汉复纵横。孤凤向西海，飞鸿辞北溟。
因之出寥廓，挥手谢公卿。

【注释】

①恨无左车略：《史记》：赵王、成安君陈馀闻汉且袭之也，聚兵井陉口，号称二十万。广武君李左车说成安君曰："……愿足下假臣奇兵三万人，从间道绝其辎重。足下深沟高垒，坚营勿与战。彼前不得斗，退不得还。吾奇兵绝其后，使野无所掠，不至十日，而两将之头可致于麾下。愿君留意臣之计。否，必为二子所禽矣。"成安君，儒者也，常称义兵不用诈谋奇计……不听广武君策……平旦，信建大将之旗鼓，鼓行出井陉口……大破，虏赵军，斩成安君泜水上，禽赵王歇。信乃令军中毋杀广武君，有能生得者购千金。于是有缚广武君而致麾下者，信乃解其缚，东乡坐，西乡对，师事

之。②倒屣欣逢迎：《十六国春秋》：宋繇每闻儒士在门，常倒屣出迎，停寝政事，引谈经籍。

南陵别儿童入京

白酒新熟山中归，黄鸡啄黍秋正肥。
呼童烹鸡酌白酒，儿女嬉笑牵人衣。
高歌取醉欲自慰，起舞落日争光辉。
游说万乘苦不早，著鞭跨马涉远道。
会稽愚妇轻买臣①，余亦辞家西入秦。
仰天大笑出门去，我辈岂是蓬蒿人。

【注释】

①会稽愚妇轻买臣：《汉书》：朱买臣家贫，好读书，不治产业。常刈薪樵，卖以给食。担束薪，行且诵书，其妻亦负担相随。数止买臣毋歌讴道中，买臣愈益疾歌。妻羞之，求去。买臣笑曰："我年五十当富贵，今已四十馀矣，汝苦日久，待我富贵报汝功。"妻恚怒曰："如公等，终饿死沟中耳，何能富贵？"买臣不能留，即听去。

江夏别宋之悌

楚水清若空，遥将碧海通。人分千里外，兴在一杯中。
谷鸟吟晴日，江猿啸晚风。平生不下泪，于此泣无穷。

送王屋山人魏万还王屋

王屋山人魏万，云自嵩、宋沿吴相访，数千里不遇。乘兴游台、越，经永嘉，观谢公石门。后于广陵相见。美其爱文好古，浪迹方外，因述其行而赠是诗。

仙人东方生，浩荡弄云海。沛然乘天游，独往失所在。

魏侯继大名，本家聊、摄城。卷舒入元化，迹与古贤并。

十三弄文史，挥笔如振绮。辩折田巴生，心齐鲁连子。

西涉清洛源，颇惊人世喧。采秀卧王屋，因窥洞天门。

朅[1]来游嵩峰，羽客何双双。朝携月光子，暮宿玉女窗。

鬼谷上窈窕，龙潭下奔潨。东浮汴河水，访我三千里。

逸兴满吴云，飘飖浙江汜。挥手杭、越间，樟亭望潮还。

涛卷海门石，云横天际山。白马走素车，雷奔骇心颜。

遥闻会稽美，一弄耶溪水。万壑与千岩，峥嵘镜湖里。

秀色不可名，清辉满江城。人游月边去，舟在空中行。

此中久延伫，入剡寻王、许。笑读曹娥碑，沉吟黄绢语[2]。

天台连四明，日入向国清。五峰转月色，百里行松声。

灵溪恣沿越，华顶殊超忽。石梁横青天，侧足履半月。

眷然思永嘉，不惮海路赊。挂席历海峤，回瞻赤城霞。

赤城渐微没，孤屿前峣兀。水续万古流，亭空千霜月。

缙云川谷难，石门最可观。瀑布挂北斗，莫穷此水端。

喷壁洒素雪，空濛生昼寒。却思恶溪去，宁惧恶溪恶。

咆哮七十滩，水石相喷薄。路创李北海，岩开谢康乐。

松风和猿声，搜索连洞壑。径出梅花桥，双溪纳归潮。

落帆金华岸，赤松若可招。沈约八咏楼，城西孤岧峣。

岧峣四荒外，旷望群川会。云卷天地开，波连浙西大。

乱流新安口，北指严光濑。钓台碧云中，邈与苍岭对。

稍稍来吴都，徘徊上姑苏。烟绵横九疑，漭荡见五湖。

目极心更远，悲歌但长吁。回桡楚江滨，挥策扬子津。

身著日本裘，昂藏出风尘。五月造我语，知非佁儗人。

相逢乐无限，水石日在眼。徒干五诸侯，不致百金产。

吾友扬子云，弦歌播清芬。虽为江宁宰，好与山公群。
乘兴但一行，且知我爱君。君来几何时？仙台应有期。
东窗绿玉树，定长三五枝。至今天坛人，当笑尔归迟。
我苦惜远别，茫然使心悲。黄河若不断，白首长相思。

【注释】

①朅（qiè）：去。 ②“笑读”二句：《世说新语》：魏武尝过曹娥碑下，杨修从，碑背上见题作“黄绢幼妇，外孙虀臼”八字。魏武谓修曰：“解否？”答曰：“解。”魏武曰：“卿未可言，待我思之。”行三十里，魏武乃曰：“吾已得。”令修别记所知。修曰：“黄绢，色丝也，于字为绝。幼妇，少女也，于字为妙。外孙，女子也，于字为好。虀臼，受辛也，于字为辞。所谓绝妙好辞也。”

鲁郡尧祠送窦明府薄华还西京

朝策犁眉騧[①]，举鞭力不堪。
强扶愁疾向何处？角巾微服尧祠南。
长杨扫地不见日，石门喷作金沙潭。
笑夸故人指绝境，山光水色青于蓝。
庙中往往来击鼓，尧本无心尔何苦？
门前长跪双石人，有女如花日歌舞。
银鞍绣毂往复回，簸林蹶石鸣风雷。
远烟空翠时明灭，白鸥历乱长飞雪。
红泥亭子赤栏干，碧流环转青锦湍。
深沉百丈洞海底，那知不有蛟龙蟠。
君不见绿珠潭水流东海，绿珠红粉沉光彩。
绿珠楼下花满园，今日曾无一枝在。
昨夜秋声阊阖来，洞庭木落骚人哀。
遂将三五少年辈，登高远望形神开。
生前一笑轻九鼎，魏武何悲铜雀台。

我歌白云倚窗牖，尔闻其声但挥手。
长风吹月渡海来，遥劝仙人一杯酒。
酒中乐酣宵向分，举觞酹尧尧可闻？
何不令皋繇拥彗横八极，直上青天扫浮云。
高阳小饮真琐琐，山公酩酊何如我？
竹林七子去道赊，兰亭雄笔安足夸。
尧祠笑杀五湖水，至今憔悴空荷花。
尔向西秦我东越，暂向瀛洲访金阙。
蓝田太白若可期，为余扫洒石上月。

【注释】

①犁眉騧（guā）：良马名。毛黄色，眉黑。犁，通“黧”。

金乡送韦八之西京

客自长安来，还归长安去。狂风吹我心，西挂咸阳树。
此情不可道，此别何时遇？望望不见君，连山起烟雾。

单父东楼，秋夜送族弟沈之秦

尔从咸阳来，问我何劳苦。
沐猴而冠不足言，身骑土牛滞东鲁[①]。
沈弟欲行凝弟留，孤飞一雁秦云秋。
坐来黄叶落四五，北斗已挂西城楼。
丝桐感人弦亦绝，满堂送君皆惜别。
卷帘见月清兴来，疑是山阴夜中雪[②]。
明日斗酒别，惆怅清路尘。
遥望长安日，不见长安人。
长安宫阙九天上，此地曾经为近臣。
一朝复一朝，发白心不改。
屈平憔悴滞江潭，亭伯流离放辽海[③]。

折翮翻飞随转蓬，闻弦虚坠下霜空。
圣朝久弃青云士，他日谁怜张长公④？

【注释】

①身骑土牛滞东鲁：《三国志注》引《世语》：司马宣王辟州泰，泰频丧考、妣、祖，九年居丧。宣王留缺待之，至三十六日，擢为新城太守。宣王为泰会，使尚书钟繇调泰："君释褐登宰府，三十六日擢麾盖，守兵马郡，乞儿乘小车，一何驶乎？"泰曰："诚有此。君，名公之子，少有文采，故守吏职，猕猴骑土牛，又何迟也！" ②疑是山阴夜中雪：《世说新语》：王子猷居山阴，夜大雪，眠觉开室，命酌酒，四望皎然。 ③亭伯流离放辽海：《后汉书》：崔骃，字亭伯，为窦宪主簿，前后奏记数十，切指长短。宪不能容，稍疏之，因察骃高第，出为长岑长。骃自以远去，不得意，遂不之官而归。 ④张长公：《史记》：其子曰张挚，字长公，官至大夫，免。以不能取容当世，故终身不仕。

鲁郡东石门送杜二甫

醉别复几日，登临遍池台。何时石门路，重有金樽开？
秋波落泗水，海色明徂徕。飞蓬各自远，且尽手中杯。

灞陵行送别

送君灞陵亭，灞水流浩浩。
上有无花之古树，下有伤心之春草。
我向秦人问路歧，云是王粲南登之古道。
古道连绵走西京，紫阙落日浮云生。
正当今夕断肠处，骊歌愁绝不忍听。

送贺宾客归越

镜湖流水漾清波，狂客归舟逸兴多。

山阴道士如相见，应写《黄庭》换白鹅。

送裴十八图南归嵩山二首

其一

何处可为别？长安青绮门。胡姬招素手，延客醉金樽。
临当上马时，我独与君言。风吹芳兰折，日没鸟雀喧。
举手指飞鸿[①]，此情难具论。同归无早晚，颍水有清源。

【注释】

①举手指飞鸿：《晋书》：郭瑀隐于临松薤谷，凿石窟而居，服柏实以轻身，作春秋墨说、孝经错纬，弟子著录千馀人。张天锡遣使者孟公明持节，以蒲车、玄纁，备礼征之。公明至山，瑀指翔鸿以示之曰：“此鸟安可笼哉！”遂深逃绝迹。

其二

君思颍水绿，忽复归嵩岑。归时莫洗耳，为我洗其心。
洗心得真情，洗耳徒买名。谢公终一起，相与济苍生。

送友人

青山横北郭，白水绕东城。此地一为别，孤蓬万里征。
浮云游子意，落日故人情。挥手自兹去，萧萧班马鸣。

送友人入蜀

见说蚕丛路，崎岖不易行。山从人面起，云傍马头生。
芳树笼秦栈，春流绕蜀城。升沉应已定，不必问君平[①]。

【注释】

①君平：《高士传》：严遵，字君平，蜀人也。隐居不仕，尝卖卜于成都市，日得百钱以自给，卜讫则闭肆下帘，以著书为事。

江西送友人之罗浮

桂水分五岭，衡山朝九疑。乡关眇安西，流浪将何之？
素色愁明湖，秋渚晦寒姿。畴昔紫芳意，已过黄发期。
君王纵疏散，云壑借巢夷。尔去之罗浮，我还憩峨眉。
中阔道万里，霞月遥相思。如寻楚狂子，琼树有芳枝。

宣州谢朓楼饯别校书叔云

弃我去者，昨日之日不可留；乱我心者，今日之日多烦忧。

长风万里送秋雁，对此可以酣高楼。
蓬莱文章建安骨，中间小谢又清发。
俱怀逸兴壮思飞，欲上青天览明月。
抽刀断水水更流，举杯消愁愁更愁。
人生在世不称意，明朝散发弄扁舟。

五月东鲁行答汶上君

五月梅始黄，蚕凋桑柘空。鲁人重织作，机杼鸣帘栊。
顾余不及仕，学剑来山东。举鞭访前涂，获笑汶上君。
下愚忽壮士，未足论穷通。我以一箭书，能取聊城功。
终然不受赏，羞与时人同。西归去直道，落日昏阴虹。
此去尔勿言，甘心如转蓬。

山中问答

问余何意栖碧山，笑而不答心自闲。
桃花流水窅然去，别有天地非人间。

答湖州迦叶司马问白是何人

青莲居士谪仙人，酒肆藏名三十春。
湖州司马何须问，金粟如来是后身[1]。

【注释】

①金粟如来是后身：《五色线》：《净名经义钞》：梵语维摩诘，此云净名，般提之子，母名离垢，妻名金机，男名善思，女名月上。过去成佛，号金粟如来。

酬崔五郎中

朔云横高天，万里起秋色。壮士心飞扬，落日空叹息。
长啸出原野，凛然寒风生。幸遭圣明时，功业犹未成。
奈何怀良图，郁悒独愁坐。杖策寻英豪，立谈乃知我。
崔公生民秀，缅邈青云姿。制作参造化，托讽含神祇。
海岳尚可倾，吐诺终不移。是时霜飙寒，逸兴临华池。
起舞拂长剑，四座皆扬眉。因得穷欢情，赠我以新诗。
又结汗漫期，九垓远相待。举身憩蓬壶，濯足弄沧海。
从此凌倒景，一去无时还。朝游明光宫，暮入阊阖关。
但得长把袂，何必嵩丘山。

以诗代书答元丹丘

青鸟海上来，今朝发何处。口衔云锦字，与我忽飞去。
鸟去凌紫烟，书留绮窗前。开缄方一笑，乃是故人传。
故人深相勖，忆我劳心曲。离居在咸阳，三见秦草绿。
置书双袂间，引领不暂闲。长望杳难见，浮云横远山。

金门答苏秀才

君还石门日，朱火始改木。春草如有情，山中尚含绿。

折芳愧遥忆，永路当自勖。远见故人心，平生以此足。

巨海纳百川，麟阁多才贤。献书入金阙，酌醴奉琼筵。

屡忝白云唱，恭闻《黄竹篇》[①]。恩光照拙薄，云汉希腾迁。

铭鼎傥云遂，扁舟方渺然。我留在金门，君去卧丹壑。

未果三山期，遥欣一丘乐。玄珠寄罔象，赤水非寥廓[②]。

愿狎东海鸥，共营西山药。栖岩君寂灭，处世余龙蠖[③]。

良辰不同赏，永日应闲居。鸟吟檐间树，花落窗下书。

缘溪见绿篠[④]，隔岫窥红蕖。采薇行笑歌，眷我情何已。

月出石镜间，松鸣风琴里。得心自虚妙，外物空颓靡。

身世如两忘，从君老烟水。

【注释】

①"屡忝"二句：《穆天子传》：天子宾于西王母，天子觞西王母于瑶池之上，西王母为天子谣曰："白云在天，山陵自出。道里悠远，山川间之。将子无死，尚能复来。"天子答之曰："予归东土，和治诸夏。万民平均，吾顾见汝。比及三年，将复而野。"又《穆天子传》：日中大寒，北风雨雪，有冻人，天子作诗三章以哀民，首句为"我徂黄竹"。 ②"玄珠"二句：《庄子》：黄帝游乎赤水之北，登乎昆仑之丘，而南望还归，遗其玄珠。使知索之而不得，使离朱索之而不得，使吃诟索之而不得。乃使象罔，象罔得之。黄帝曰："异哉，象罔乃可以得之乎？" ③龙蠖（huò）：《周易》：尺蠖之屈，以求信也；龙蛇之蛰，以存身也。 ④篠（xiǎo）：小竹。

酬坊州王司马与阎正字对雪见赠

游子东南来，自宛适京国。飘然无心云，倏忽复西北。

访戴昔未偶，寻嵇此相得。愁颜发新欢，终宴叙前识。

阎公汉庭旧，沉郁富才力。价重铜龙楼，声高重门侧。

宁期此相遇，华馆陪游息。积雪明远峰，塞城锁春色。

主人苍生望，假我青云翼。风水如见资，投竿佐皇极。

酬中都小吏携斗酒双鱼于逆旅见赠

鲁酒若琥珀，汶鱼紫锦鳞。
山东豪吏有俊气，手携此物赠远人。
意气相倾两相顾，斗酒双鱼表情素。
双鳃呀呷鳍鬣张，跋刺银盘欲飞去。
呼儿拂机霜刃挥，红肥花落白雪霏。
为君下箸一餐饱，醉著金鞍上马归。

酬崔侍御

严陵不从万乘游，归卧空山钓碧流。
自是客星辞帝坐，元非太白醉扬州。

玩月金陵城西孙楚酒楼，达曙歌吹，日晚乘醉着紫绮裘乌纱巾，与酒客数人棹歌秦淮，往石头访崔四侍御

昨玩西城月，青天垂玉钩。朝沽金陵酒，歌吹孙楚楼。
忽忆绣衣人，乘船往石头。草裹乌纱巾，倒披紫绮裘。
两岸拍手笑，疑是王子猷。酒客十数公，崩腾醉中流。
谑浪棹海客，喧呼傲阳侯。半道逢吴姬，卷帘出揶揄。
我忆君到此，不知狂与羞。月下一见君，三杯便回桡。
舍舟共连袂，行上南渡桥。兴发歌《绿水》，秦客为之摇。
鸡鸣复相招，清宴逸云霄。赠我数百字，百字凌风飙。
系之衣裘上，相忆每长谣。

醉后答丁十八以诗讥予捶碎黄鹤楼

黄鹤高楼已捶碎，黄鹤仙人无所依。
黄鹤上天诉玉帝，却放黄鹤江南归。
神明太守再雕饰，新图粉壁还芳菲。
一州笑我为狂客，少年往往来相讥。
君平帘下谁家子，云是辽东丁令威[①]。
作诗调我惊逸兴，白云绕笔窗前飞。
待取明朝酒醒罢，与君烂熳寻春晖。

【注释】

①辽东丁令威：《搜神后记》：丁令威，本辽东人，学道于灵墟山。

答杜秀才五松山见赠

昔献《长杨赋》，天开云雨欢。
当时待诏承明里，皆道扬雄才可观。
敕赐飞龙二天马，黄金络头白玉鞍。
浮云蔽日去不返，总为秋风摧紫兰。
角巾东出商山道，采秀行歌咏芝草。
路逢园、绮[①]笑向人，两君解来一何好。
闻道金陵龙虎盘，还同谢朓望长安。
千峰夹水向秋浦，五松名山当夏寒。
铜井炎炉歊[②]九天，赫如铸鼎荆山前。
陶公矍铄呵赤电[③]，回禄睢盱扬紫烟。
此中岂是久留处，便欲烧丹从列仙。
爱听松风且高卧，飕飕吹尽炎氛过。
登崖独立望九州，《阳春》欲奏谁相和？
闻君往年游锦城，章仇尚书倒屣迎。

飞笺络绎奏明主，天书降问回恩荣。

骯髒[4]不能就绁组，至今空扬高蹈名。

夫子工文绝世奇，五松新作天下推。

吾非谢尚邀彦伯[5]，异代风流各一时。

一时相逢乐在今，袖拂白云开素琴，弹为《三峡流泉》音。

从兹一别武陵去，去后桃花春水深。

【注释】

①园、绮：《汉书》：汉兴，有东园公、绮里季、夏黄公、甪里先生，此四人者，当秦之世，避而入商洛深山，以待天下之定也。 ②歊（xiāo）：热气升腾。 ③陶公矍铄呵赤电：《列仙传》：陶安公者，六安铸冶师也。数行火，火一旦散，上行紫色冲天，公伏冶下求哀。须臾，赤雀止冶上，曰："安公，安公，冶与天通，七月七日，迎汝以赤龙。"至期赤龙至，大雨，而安公骑之东南上。一城邑数万人众共送视之，皆与辞诀云。 ④骯髒（āng zāng）：高亢刚直。 ⑤彦伯：《晋书》：袁宏，字彦伯，有逸才，文章绝美，曾为《咏史诗》，是其风情所寄。少孤贫，以运租自业。谢尚时镇牛渚，秋夜乘月，率尔与左右微服泛江，会宏在舫中讽咏，声既清会，辞又藻拔，遂驻听久之。遣问焉，答曰："是袁临汝郎诵诗，即其《咏史》之作也。"尚倾率有胜致，即迎升舟，与之谈论，申旦不寐，自此名誉日茂。尚为安西将军豫州刺史，引宏参其军事。

答王十二寒夜独酌有怀

昨夜吴中雪，子猷佳兴发。

万里浮云卷碧山，青天中道流孤月。

孤月沧浪河汉清，北斗错落长庚明。

怀余对酒夜霜白，玉床金井冰峥嵘。

人生飘忽百年内，且须酣畅万古情。

君不能狸膏金距学斗鸡[①]，坐令鼻息吹虹霓。
君不能学哥舒，横行青海夜带刀[②]，西屠石堡取紫袍。
吟诗作赋北窗里，万言不直一杯水。
世人闻此皆掉头，有如东风射马耳。
鱼目亦笑我，请与明月同。
骅骝拳跼[③]不能食，蹇驴得志鸣春风。
《折杨》《皇华》合流俗，晋君听琴枉清角[④]。
巴人谁肯和《阳春》，楚地犹来贱奇璞。
黄金散尽交不成，白首为儒身被轻。
一谈一笑失颜色，苍蝇贝锦喧谤声。
曾参岂是杀人者，谗言三及慈母惊[⑤]。
与君论心握君手，荣辱于余亦何有？
孔圣犹闻伤凤麟，董龙更是何鸡狗[⑥]？
一生傲岸苦不谐，恩疏媒劳志多乖。
严陵高揖汉天子，何必长剑拄颐事玉阶。
达亦不足贵，穷亦不足悲。
韩信羞将绛、灌比，祢衡耻逐屠沽儿[⑦]。
君不见李北海，英风豪气今何在？
君不见裴尚书，土坟三尺蒿棘居[⑧]。
少年早欲五湖去，见此弥将钟鼎疏。

【注释】

①君不能狸膏金距学斗鸡：《艺文类聚》引《庄子》：羊沟之鸡，三岁为株，相者视之，则非良鸡也，然而数以胜人者，以狸膏涂其头。司马彪注：鸡畏狸也。 ②君不能学哥舒，横行青海夜带刀：《太平广记》：天宝中，哥舒翰为安西节度，控地数千里，甚著威令，故西鄙人歌之曰："北斗七星高，哥舒夜带刀。吐蕃总杀尽，

更筑两重濠。” ③拳跼（jú）：局促卷曲，不得舒展。 ④“《折杨》”二句：《庄子》：大声不入里耳，《折杨》《皇华》则嗑然而笑。成玄英疏：《折杨》《皇华》，盖古之俗中小曲也，玩狎鄙野，故嗑然动容。《韩非子》：晋平公提觞而起为师旷寿，反坐而问曰：“音莫悲于清徵乎？”师旷曰：“不如清角。”平公曰：“清角可得而闻乎？”师旷曰：“不可。昔日黄帝合鬼神于太山之上，驾象车而六蛟龙，毕方并辖，蚩尤居前，风伯进扫，雨师洒道，虎狼在前，鬼神在后，腾蛇伏地，凤凰覆上，大合鬼神，乃作清角。今主君德薄，不足听之。听之，将恐有败。”平公曰：“寡人老矣，所好者音也，愿遂听之。”师旷不得已而鼓之。一奏之，有玄云从西北方起；再奏之，大风至，大雨随之，裂帷幕，破俎豆，堕廊瓦，坐者散走。平公恐惧，伏于廊室之间。晋国大旱，赤地三年。平公之身遂癃病。 ⑤“曾参”二句：《战国策》：曾子处费，费人有与曾子同名姓者而杀人。人告曾子母曰：“曾参杀人。”曾子之母曰：“吾子不杀人。”织自若。有顷焉，一人又曰：“曾参杀人。”其母尚织自若也。顷之，一人又告之曰：“曾参杀人。”其母惧，投杼，逾墙而走。 ⑥董龙更是何鸡狗：《资治通鉴》：秦司空王堕性刚毅。右仆射董荣，侍中强国皆以佞幸进，堕疾之如仇。每朝见，荣未尝与之言。或谓堕曰：“董君贵幸如此，公宜小降意接之。”堕曰：“董龙是何鸡狗？而令国士与之言乎！”胡三省注：龙，董荣小字。 ⑦“韩信”二句：《史记》：韩信降为淮阴侯后，常称病不朝，羞与绛侯周勃、颍阴侯灌婴等并列。《后汉书》：祢衡少有才辩，而气尚刚毅，矫时慢物。是时许都新建，贤士大夫四方来集。或问衡曰：“盍从陈长文、司马伯达乎？”对曰：“吾焉能从屠沽儿耶！” ⑧“君不见李北海”四句：李北海为李邕，裴尚书为裴敦复，二人皆当时才俊，为李林甫所害。

寻鲁城北范居士，失道落苍耳中，见范置酒摘苍耳作

雁度秋色远，日静无云时。客心不自得，浩漫将何之？
忽忆范野人，闲园养幽姿。茫然起逸兴，但恐行来迟。
城壕失往路，马首迷荒陂。不惜翠云裘，遂为苍耳欺。
入门且一笑，把臂君为谁。酒客爱秋蔬，山盘荐霜梨。
他筵不下箸，此席忘朝饥。酸枣垂北郭，寒瓜蔓东篱。
还倾四五酌，自咏《猛虎词》。近作十日欢，远为千载期。
风流自簸荡，谑浪偏相宜。酣来上马去，却笑高阳池。

东鲁门泛舟二首

其一

日落沙明天倒开，波摇石动水萦回。
轻舟泛月寻溪转，疑是山阴雪后来。

其二

水作青龙盘石堤，桃花夹岸鲁门西。
若教月下乘舟去，何啻风流到剡溪。

游泰山六首

其一

四月上泰山，石屏御道开。六龙过万壑，涧谷随萦回。
马迹绕碧峰，于今满青苔。飞流洒绝巘，水急松声哀。
北眺崿嶂奇，倾崖向东摧。洞门闭石扇，地底兴云雷。
登高望蓬、瀛，想象金银台。天门一长啸，万里清风来。
玉女四五人，飘飖下九垓。含笑引素手，遗我流霞杯[①]。
稽首再拜之，自愧非仙才。旷然小宇宙，弃世何悠哉。

【注释】

①遗我流霞杯：《抱朴子》：项曼都入山学仙，十年而归家，

曰:“仙人以流霞一杯与我饮之,辄不饥渴。”

其二

清晓骑白鹿,直上天门山。山际逢羽人[①],方瞳[②]好容颜。

扪萝欲就语,却掩青云关。遗我鸟迹书[③],飘然落岩间。

其字乃上古,读之了不闲。感此三叹息,从师方未还。

【注释】

①羽人:《楚辞》:仍羽人于丹丘。王逸注:人得道,身生羽毛也。 ②方瞳:《抱朴子》:仙人目瞳正方。 ③鸟迹书:《中论》:苍颉视鸟迹而作书。

其三

平明登日观,举手开云关。精神四飞扬,如出天地间。
黄河从西来,窈窕入远山。凭崖览八极,目尽长空闲。
偶然值青童,绿发双云鬟。笑我晚学仙,蹉跎凋朱颜。
踌躇忽不见,浩荡难追攀。

其四

清斋三千日,裂素写道经。吟诵有所得,众神卫我形。
云行信长风,飒若羽翼生。攀崖上日观,伏槛窥东溟。
海色动远山,天鸡已先鸣。银台出倒景,白浪翻长鲸。
安得不死药,高飞向蓬瀛。

其五

日观东北倾,两崖夹双石。海水落眼前,天光遥空碧。
千峰争攒聚,万壑绝凌历。缅彼鹤上仙,去无云中迹。
长松入霄汉,远望不盈尺。山花异人间,五月雪中白。
终当遇安期,于此炼玉液。

其六

朝饮王母池,暝投天门关。独抱绿绮琴,夜行青山间。

山明月露白，夜静松风歇。仙人游碧峰，处处笙歌发。寂静娱清辉，玉真连翠微。想象鸾凤舞，飘飖龙虎衣。扪天摘匏瓜，恍惚不忆归。举手弄清浅，误攀织女机。明晨坐相失，但见五云飞。

下终南山过斛斯山人宿置酒

暮从碧山下，山月随人归。却顾所来径，苍苍横翠微。相携及田家，童稚开荆扉。绿竹入幽径，青萝拂行衣。欢言得所憩，美酒聊共挥。长歌吟松风，曲尽河星稀。我醉君复乐，陶然共忘机。

把酒问月

青天有月来几时？我今停杯一问之。
人攀明月不可得，月行却与人相随。
皎如飞镜临丹阙，绿烟灭尽清辉发。
但见宵从海上来，宁知晓向云间没。
白兔捣药秋复春，嫦娥孤栖与谁邻？
今人不见古时月，今月曾经照古人。
古人今人若流水，共看明月皆如此。
唯愿当歌对酒时，月光长照金樽里。

陪侍郎叔游洞庭醉后三首

其一

今日竹林宴，我家贤侍郎。三杯容小阮，醉后发清狂。

其二

船上齐桡乐，湖心泛月归。白鸥闲不去，争拂酒筵飞。

其三

刬却君山好，平铺湘水流。巴陵无限酒，醉杀洞庭秋。

陪族叔刑部侍郎晔及中书贾舍人至游洞庭五首

其一

洞庭西望楚江分，水尽南天不见云。
日落长沙秋色远，不知何处吊湘君。

其二

南湖秋水夜无烟，耐可乘流直上天。
且就洞庭赊月色，将船买酒白云边。

其三

洛阳才子谪湘川，元礼同舟月下仙。
记得长安还欲笑，不知何处是西天。

其四

洞庭湖西秋月辉，潇湘江北早鸿飞。
醉客满船歌《白苎》，不知霜露入秋衣。

其五

帝子潇湘去不还，空馀秋草洞庭间。
淡扫明湖开玉镜，丹青画出是君山。

登锦城散花楼

日照锦城头，朝光散花楼。金窗夹绣户，珠箔悬银钩。
飞梯绿云中，极目散我忧。暮雨向三峡，春江绕双流。
今来一登望，如上九天游。

登峨眉山

蜀国多仙山，峨眉邈难匹。周流试登览，绝怪安可息。
青冥倚天开，彩错疑画出。泠然紫霞赏，果得锦囊术[①]。
云间吟琼箫，石上弄宝瑟。平生有微尚，欢笑自此毕。
烟容如在颜，尘累忽相失。傥逢骑羊子[②]，携手凌白日。

【注释】

①锦囊术：《汉武帝内传》：帝以王母所授《五真图》《灵光经》及上元夫人所授《六甲灵飞十二事》，自撰集为一卷，及诸经、图，皆奉以黄金之箱，封以白玉之函，以珊瑚为轴，紫锦为囊，安著柏梁台上。 ②骑羊子：《列仙传》：葛由者，羌人也。周成王时，好刻木羊卖之。一旦骑羊入西蜀，蜀中王侯贵人追之上绥山。山在峨眉山西南，高无极也。随之者不复还，皆得仙道。

登太白峰

西上太白峰，夕阳穷登攀。太白与我语，为我开天关。
愿乘泠风去，直出浮云间。举手可近月，前行若无山。
一别武功去，何时复更还？

登新平楼

去国登兹楼，怀归伤暮秋。天长落日远，水净寒波流。
秦云起岭树，胡雁飞沙洲。苍苍几万里，目极令人愁。

登金陵凤凰台

凤凰台上凤凰游，凤去台空江自流。
吴宫花草埋幽径，晋代衣冠成古丘。
三山半落青天外，一水中分白鹭洲。
总为浮云能蔽日，长安不见使人愁。

望庐山瀑布水二首

其一

西登香炉峰，南见瀑布水。挂流三百丈，喷壑数十里。
欻如飞电来，隐若白虹起。初惊河汉落，半洒云天里。
仰观势转雄，壮哉造化功。海风吹不断，江月照还空。

空中乱潈射，左右洗青壁。飞珠散轻霞，流沫沸穹石。
而我乐名山，对之心益闲。无论漱琼液，且得洗尘颜。
且谐宿所好，永愿辞人间。

其二

日照香炉生紫烟，遥看瀑布挂前川。
飞流直下三千尺，疑是银河落九天。

登庐山五老峰

庐山东南五老峰，青天削出金芙蓉。
九江秀色可揽结，吾将此地巢云松。

鹦鹉洲

鹦鹉来过吴江水，江上洲传鹦鹉名。
鹦鹉西飞陇山去，芳洲之树何青青。
烟开兰叶香风暖，岸夹桃花锦浪生。
迁客此时徒极目，长洲孤月向谁明。

九日登巴陵置酒，望洞庭水军

九日天气清，登高无秋云。造化辟川岳，了然楚、汉分。
长风鼓横波，合沓蹙龙文。忆昔传游豫，楼船壮横汾。
今兹讨鲸鲵，旌旆何缤纷。白羽落酒樽，洞庭罗三军。
黄花不掇手，战鼓遥相闻。剑舞转颓阳，当时日停曛。
酣歌激壮士，可以摧妖氛。握齱东篱下[①]，渊明不足群。

【注释】

①握齱（chuò）东篱下：《史记》：皆握齱好苛礼。应劭曰：握齱，急促之貌。韦昭曰：握齱，小节也。陶渊明诗：采菊东篱下，悠

然见南山。萧士赟曰：用武之时，儒士必轻。太白此言，其以渊明自况乎？

与夏十二登岳阳楼

楼观岳阳尽，川迥洞庭开。雁引愁心去，山衔好月来。
云间连下榻，天上接行杯。醉后凉风起，吹人舞袖回。

秋登宣城谢朓北楼

江城如画里，山晚望晴空。两水夹明镜，双桥落彩虹。
人烟寒橘柚，秋色老梧桐。谁念北楼上，临风怀谢公。

望天门山

天门中断楚江开，碧水东流至北回。
两岸青山相对出，孤帆一片日边来。

过崔八丈水亭

高阁横秀气，清幽并在君。檐飞宛溪水，窗落敬亭云。
猿啸风中断，渔歌月里闻。闲随白鸥去，沙上自为群。

登广武古战场怀古

秦鹿[1]奔野草，逐之若飞蓬。项王气盖世，紫电明双瞳。
呼吸八千人，横行起江东。赤精斩白帝，叱咤入关中。
两龙不并跃，五纬与天同。楚灭无英图，汉兴有成功。
按剑清八极，归酣歌《大风》。伊昔临广武，连兵决雌雄[2]。
分我一杯羹，太皇乃汝翁。战争有古迹，壁垒颓层穹。
猛虎啸洞壑，饥鹰鸣秋空。翔云列晓阵，杀气赫长虹。
拨乱属豪圣，俗儒安可通。沉湎呼竖子，狂言非至公。

抚掌黄河曲，嗤嗤阮嗣宗[③]。

【注释】

①秦鹿：《史记》：蒯通曰：秦失其鹿，天下共逐之，于是高材捷足者先得焉。张晏曰：以鹿喻帝位也。 ②“伊昔”二句：《项羽本纪》：汉王引兵渡河，复取成皋，军广武，就敖仓食。项王已定东海，来西，与汉俱临广武而军，相守数月。项王为高俎，置太公其上，告汉王曰：今不急下，吾烹太公。汉王曰：吾与项羽，俱北面受命怀王，曰“约为兄弟”。吾翁即若翁，必欲烹而翁，则幸分我一杯羹。项王怒，欲杀之，项伯曰：天下事未可知，且为天下者不顾家，虽杀之无益，只益祸耳。项王从之。楚、汉久相持未决，丁壮苦军旅，老弱罢转漕。项王谓汉王曰：天下匈匈数岁，徒以吾两人耳。愿与汉王挑战，决雌雄，毋徒苦天下之民父子为也。汉王笑谢曰：吾宁斗智，不能斗力。于是项王乃即汉王相与临广武间而语。汉王数之，项王怒，欲一战，汉王不听，项王伏弩射中汉王。 ③嗤嗤阮嗣宗：《魏氏春秋》：籍尝登广武，观楚、汉战处，乃叹曰：时无英雄，使竖子成名。

夜下征虏亭

船下广陵去，月明征虏亭。山花如绣颊，江火似流萤。

下途归石门旧居

吴山高，越水清，握手无言伤别情。
将欲辞君挂帆去，离魂不散烟郊树。
此心郁怅谁能论，有愧叨承国士恩。
云物共倾三月酒，岁时同饯五侯门。
羡君素书常满案，含丹照白霞色烂[①]。
余尝学道穷冥筌，梦中往往游仙山。
何当脱屣谢时去，壶中别有日月天[②]。

俯仰人间易凋朽，钟峰五云在轩牖。
惜别愁窥玉女窗，归来笑把洪崖手。
隐居寺，隐居山，陶公炼液栖其间[3]。
灵神闭气昔登攀，恬然但觉心绪闲。
数人不知几甲子[4]，昨来犹带冰霜颜。
我离虽则岁物改，如今了然识所在。
别君莫道不尽欢，悬知乐客遥相待。
石门流水遍桃花，我亦曾到秦人家。
不知何处得鸡豕，就中仍见繁桑麻。
翛[5]然远与世事间，装鸾驾鹤又复远。
何必长从七贵游，劳生徒聚万金产。
挹君去，长相思，云游雨散从此辞。
欲知怅别心易苦，向暮春风杨柳丝。

【注释】

①“羡君”二句：《神仙传》：王烈入河东抱犊山中，见一石室，中有素书两卷。王琦按：古人以绢素写书，故谓书曰“素书”。含丹者，书中之字，以朱写之，白者绢色，丹白相映，烂然如霞矣。 ②“何当”二句：《汉书》：天子曰：诚得如黄帝，吾视去妻子如脱屣耳。颜师古注：屣，小履。脱屣者，言其便易无所顾也。《列仙传》：王子乔乘白鹤驻山头，举手谢时人，数日而去。《灵台治中录》：施存，鲁人，学大丹之道三百年，十炼不成，唯得变化之术。后遇张申为云台治官。常悬一壶，如五升器大，变化为天地，中有日月如世间，夜宿其内，自号壶天，人谓曰壶公。 ③陶公炼液栖其间：《因话录》：宣州当涂隐居山岩，即陶贞白炼丹所也。炉迹犹在，后为佛舍。 ④数人不知几甲子：《左传》：晋悼夫人食舆人之城杞者。绛县人或年长矣，无子，而往与于食，有与疑年，使之年。曰：“臣，小人也，不知纪年。臣生之岁，正月甲子朔，四百有四十五甲子矣。其季于今，三之一也。” ⑤翛（xiāo）：自在无拘束。

客中作

兰陵美酒郁金香，玉碗盛来琥珀光。
但使主人能醉客，不知何处是他乡。

太原早秋

岁落众芳歇，时当大火流。霜威出塞早，云色渡河秋。
梦绕边城月，心飞故国楼。思归若汾水，无日不悠悠。

奔亡道中五首

其一

苏武天山上，田横海岛边。万重关塞断，何日是归年？

其二

亭伯去安在？李陵降未归。愁容变海色，短服改胡衣。

其三

谈笑三军却，交游七贵疏。仍留一只箭，未射鲁连书。

其四

函谷如玉关，几时可生还[①]？洛阳为易水，嵩岳是燕山。
俗变羌、胡语，人多沙塞颜。申包惟恸哭，七日鬓毛斑[②]。

【注释】

①“函谷”二句：《后汉书》：班超久在绝域，年老思土，上疏曰：“臣不敢望到酒泉郡，但愿生入玉门关。”帝乃征超还。章怀太子注：玉门关，属敦煌郡，今沙州也。去长安三千六百里，关在敦煌县西北。 ②“申包”二句：《左传》：吴入郢，昭王在随，申包胥如秦乞师曰：“吴为封豕长蛇，以荐食上国，虐始于楚。寡君失守社稷，越在草莽，使下臣告急。”秦伯使辞焉，曰：“子姑就馆，将图而

告。”对曰：“寡君越在草莽，未获所伏，下臣何敢即安？”立依于庭墙而哭，日夜不绝声，勺饮不入口七日，秦哀公为之赋《无衣》。九顿首而坐。秦师乃出。

其五

淼淼望湖水，青青芦叶齐。归心落何处，日没大江西。
歇马傍春草，欲行远道迷。谁忍子规鸟，连声向我啼。

荆门浮舟望蜀江

春水月峡来，浮舟望安极。正是桃花流，依然锦江色。
江色绿且明，茫茫与天平。逶迤巴山尽，摇曳楚云行。
雪照聚沙雁，花飞出谷莺。芳洲却已转，碧树森森迎。
流目浦烟夕，扬帆海月生。江陵识遥火，应到渚宫城。

上三峡

巫山夹青天，巴水流若兹。巴水忽可尽，青天无到时。
三朝上黄牛，三暮行太迟。三朝又三暮，不觉鬓成丝。

自巴东舟行经瞿唐峡，登巫山最高峰，晚还题壁

江行几千里，海月十五圆。始经瞿唐峡，遂步巫山巅。
巫山高不穷，巴国尽所历。日边攀垂萝，霞外倚穹石。
飞步凌绝顶，极目无纤烟。却顾失丹壑，仰观临青天。
青天若可扪，银汉去安在？望云知苍梧，记水辨瀛海。
周游孤光晚，历览幽意多。积雪照空谷，悲风鸣森柯。
归途行欲曛，佳趣尚未歇。江寒早啼猿，松暝已吐月。
月色何悠悠，清猿响啾啾。辞山不忍听，挥策还孤舟。

早发白帝城

朝辞白帝彩云间，千里江陵一日还。

两岸猿声啼不尽，轻舟已过万重山。

秋下荆门

霜落荆门江树空，布帆无恙挂秋风①。

此行不为鲈鱼鲙，自爱名山入剡中。

【注释】

①布帆无恙挂秋风：《晋书》：顾恺之为荆州刺史殷仲堪幕僚时，曾请假东还，殷仲堪特地将布帆借给他。行至破冢时遇大风，顾恺之写信给殷仲堪说："地名破冢，直破冢而出，行人安稳，布帆无恙。

宿五松山下荀媪家

我宿五松下，寂寥无所欢。田家秋作苦，邻女夜舂寒。

跪进雕胡饭，月光明素盘。令人惭漂母，三谢不能餐。

下泾县陵阳溪至涩滩

涩滩鸣嘈嘈，两山足猿猱。白波若卷雪，侧石不容舠①。

渔子与舟人，撑折万张篙。

【注释】

①舠（dāo）：小船。

王右军

右军本清真，潇洒在风尘。山阴遇羽客，爱此好鹅宾。

扫素写道经，笔精妙入神。书罢笼鹅去，何曾别主人！

苏台览古

旧苑荒台杨柳新，菱歌清唱不胜春。

只今惟有西江月，曾照吴王宫里人。

越中览古

越王勾践破吴归，义士还乡尽锦衣。
宫女如花满春殿，只今惟有鹧鸪飞。

经下邳圯桥怀张子房

子房未虎啸，破产不为家。沧海得壮士，椎秦博浪沙。
报韩虽不成，天地皆振动。潜匿游下邳，岂曰非智勇？
我来圯桥上，怀古钦英风。唯见碧流水，曾无黄石公。
叹息此人去，萧条徐泗、空。

宿巫山下

昨夜巫山下，猿声梦里长。桃花飞渌水，三月下瞿塘。
雨色风吹去，南行拂楚王。高丘怀宋玉，访古一沾裳。

谢公亭

谢亭离别处，风景每生愁。客散青天月，山空碧水流。
池花春映日，窗竹夜鸣秋。今古一相接，长歌怀旧游。

夜泊牛渚怀古

牛渚西江夜，青天无片云。登舟望秋月，空忆谢将军。
余亦能高咏，斯人不可闻。明朝挂帆席，枫叶落纷纷。

月下独酌四首

其一

花间一壶酒，独酌无相亲。举杯邀明月，对影成三人。
月既不解饮，影徒随我身。暂伴月将影，行乐须及春。
我歌月徘徊，我舞影零乱。醒时同交欢，醉后各分散。
永结无情游，相期邈云汉。

其二

天若不爱酒，酒星不在天。地若不爱酒，地应无酒泉。

天地既爱酒，爱酒不愧天。已闻清比圣，复道浊如贤。

贤圣既已饮，何必求神仙？三杯通大道，一斗合自然。

但得酒中趣，勿为醒者传。

其三

三月咸阳城，千花昼如锦。谁能春独愁？对此径须饮。

穷通与修短，造化夙所禀。一樽齐死生，万事固难审。

醉后失天地，兀然就孤枕。不知有吾身，此乐最为甚。

其四

穷愁千万端，美酒三百杯。愁多酒虽少，酒倾愁不来。

所以知酒圣，酒酣心自开。辞粟卧首阳，屡空饥颜回。

当代不乐饮，虚名安用哉？蟹螯[①]即金液[②]，糟丘[③]是蓬莱。

且须饮美酒，乘月醉高台。

【注释】

①蟹螯：《晋书》：毕卓尝谓人曰："得酒满数百斛船，四时甘味置两头，右手持酒杯，左手持蟹螯，拍浮酒船中，便足了一生矣。" ②金液：《抱朴子》：金液太乙所服而仙者也，不减九丹矣。 ③糟丘：《尸子》：六马登糟丘，方舟泛酒池。

山中与幽人对酌

两人对酌山花开，一杯一杯复一杯。

我醉欲眠卿且去[①]，明朝有意抱琴来。

【注释】

①我醉欲眠卿且去：《宋书》：陶潜性嗜酒，贵贱造之者，有酒辄设。潜若先醉，便语客："我醉欲眠，卿可去！"

春日醉起言志

处世若大梦，胡为劳其生。所以终日醉，颓然卧前楹。
觉来盼庭前，一鸟花间鸣。借问此何时？春风语流莺。
感之欲叹息，对酒还自倾。浩歌待明月，曲尽已忘情。

寻雍尊师隐居

群峭碧摩天，逍遥不记年。拨云寻古道，倚树听流泉。
花暖青牛卧，松高白鹤眠。语来江色暮，独自下寒烟。

与史郎中钦听黄鹤楼上吹笛

一为迁客去长沙，西望长安不见家。
黄鹤楼中吹玉笛，江城五月落《梅花》。

独坐敬亭山

众鸟高飞尽，孤云独去闲。相看两不厌，只有敬亭山。

自遣

对酒不觉暝，落花盈我衣。醉起步溪月，鸟还人亦稀。

访戴天山道士不遇

犬吠水声中，桃花带露浓。树深时见鹿，溪午不闻钟。
野竹分青霭，飞泉挂碧峰。无人知所去，愁倚两三松。

忆东山二首

其一

不向东山久，蔷薇几度花？白云还自散，明月落谁家？

其二

我今携谢妓，长啸绝人群。欲报东山客，开关扫白云。

对酒忆贺监二首

太子宾客贺公，于长安紫极宫一见余，呼余为“谪仙人”。因解金龟，换酒为乐。怅然有怀，而作是诗。

其一

四明有狂客，风流贺季真[①]。长安一相见，呼我“谪仙人”。

昔好杯中物，翻为松下尘。金龟换酒处，却忆泪沾巾。

【注释】

①贺季真:《唐书》:贺知章，字季真，越州永兴人。性旷夷，善谈说，陆象先尝谓人曰:“季真清谈风流，吾一日不见，则鄙吝生矣。”证圣初，擢进士超拔群类科，累迁太常博士。开元十三年，迁礼部侍郎，兼集贤院学士。一日并谢。迁太子右庶子，充侍读，徙工部。肃宗为太子，知章迁宾客、授秘书监。晚节尤诞放，遨嬉里巷，自号“四明狂客”。及秘书外监，每醉辄属词，笔不停书，咸有可观，未始刊饬。善草隶，好事者具笔研从之，意有所惬，不复拒，然纸才十数字，世传以为宝。

其二

狂客归四明，山阴道士迎。敕赐镜湖水，为君台沼荣[①]。

人亡馀故宅，空有荷花生。念此杳如梦，凄然伤我情。

【注释】

①“敕赐”二句:《唐书》:贺知章，天宝初病，梦游帝居，数日寤，乃请为道士，还乡里，诏许之。以宅为千秋观而居，又求周宫湖数顷为放生池，有诏赐镜湖剡川一曲。既行，帝赐诗，皇太子百官饯送。擢其子曾子为会稽郡司马，赐绯鱼，使侍养。幼子亦听为道士。卒年八十六。

重忆一首

欲向江东去，定将谁举杯？稽山无贺老，却棹酒船回。

拟古十二首

其一

青天何历历，明星如白石。黄姑与织女，相去不盈尺。
银河无鹊桥，非时将安适。闺人理纨素，游子悲行役。
瓶冰知冬寒，霜露欺远客。客似秋叶飞，飘飖不言归。
别后罗带长，愁宽去时衣。乘月托宵梦，因之寄金徽。

其二

高楼入青天，下有白玉堂。明月看欲堕，当窗悬清光。
遥夜一美人，罗衣沾秋霜。含情弄柔瑟，弹作《陌上桑》。
弦声何激烈，风卷绕飞梁。行人皆踯躅，栖鸟去回翔。
但写妾意苦，莫辞此曲伤。愿逢同心者，飞作紫鸳鸯。

其三

长绳难系日，自古共悲辛。黄金高北斗，不惜买阳春。
石火无留光，还如世中人。即事已如梦，后来我谁身？
提壶莫辞贫，取酒会四邻。仙人殊恍惚，未若醉中真。

其四

清都绿玉树，灼烁瑶台春。攀花弄秀色，远赠天仙人。
香风送紫蕊，直到扶桑津。耻掇世上艳，所贵心之珍。
相思传一笑，聊欲示情亲。

其五

今日风日好，明日恐不如。春风笑于人，何乃愁自居。
吹箫舞彩凤，酌醴鲙神鱼。千金买一醉，取乐不求馀。
达士遗天地，东门有二疏[①]。愚夫同瓦石，有才知卷施。

无事坐悲苦，块然涸辙鲋。

【注释】

①二疏：《汉书》：疏广为太傅，兄子受为少傅。太子每朝，因进见，太傅在前，少傅在后。父子并为师傅，朝廷以为荣。在位五岁，皇太子年十二，通论语、孝经。广谓受曰："吾闻知足不辱，知止不殆，功遂身退，天之道也。今仕官至二千石，宦成名立，如此不去，惧有后悔，岂如父子相随出关，归老故乡，以寿命终，不亦善乎？"受叩头曰："从大人议。"即日，父子俱移病。满三月赐告，广遂称笃，上疏乞骸骨。上以其年笃老，皆许之，加赐黄金二十斤，皇太子赠以五十斤。公卿、大夫、故人、邑子设祖道，供帐东都门外，送者车数百两，辞决而去。及道路观者皆曰："贤哉二大夫！"

其六

运速天地闭，胡风结飞霜。百草死冬月，六龙颓西荒。
太白出东方，彗星扬精光。鸳鸯非越鸟，何为眷南翔？
惟昔鹰将犬，今为侯与王。得水成蛟龙，争池夺凤凰。
北斗不酌酒，南箕空簸扬。

其七

世路今太行，回车竟何托。万族皆凋枯，遂无少可乐。
旷野多白骨，幽魂共销铄。荣贵当及时，春华宜照灼。
人非昆山玉，安得长璀错。身没期不朽，荣名在麟阁。

其八

月色不可扫，客愁不可道。玉露生秋衣，流萤飞百草。
日月终销毁，天地同枯槁。蟪蛄啼青松，安见此树老。
金丹宁误俗，昧者难精讨。尔非千岁翁，多恨去世早。
饮酒入玉壶，藏身以为宝。

其九

生者为过客，死者为归人。天地一逆旅，同悲万古尘。

月兔空捣药，扶桑已成薪。白骨寂无言，青松岂知春。
前后更叹息，浮荣何足珍。

其十

仙人骑彩凤，昨下阆风岑。海水三清浅，桃源一见寻。
遗我绿玉杯，兼之紫琼琴。杯以倾美酒，琴以闲素心。
二物非世有，何论珠与金。琴弹松里风，杯劝天上月。
风月长相知，世人何倏忽。

其十一

涉江弄秋水，爱此荷花鲜。攀荷弄其珠，荡漾不成圆。
佳期彩云重，欲赠隔远天。相思无由见，怅望凉风前。

其十二

去去复去去，辞君还忆君。汉水既殊流，楚山亦此分。
人生难称意，岂得长为群。越燕喜海日，燕鸿思朔云。
别久容华晚，琅玕不能饭。日落知天昏，梦长觉道远。
望夫登高山，化石竟不返①。

【注释】

①"望夫"二句：《初学记》引《幽明录》：武昌北山上有望夫石，状若人立。古传云："昔有贞妇，其夫从役，远赴国难，携弱子饯送此山，立望其夫，而化为石，因以为名焉。"

感兴六首

其一

瑶姬天帝女，精彩化朝云。宛转入宵梦，无心向楚君。
锦衾抱秋月，绮席空兰芬。茫昧竟谁测，虚传宋玉文。

其二

洛浦有宓妃，飘飖雪争飞。轻云拂素月，了可见清辉。
解珮欲西去，含情讵相违。香尘动罗袜，渌水不沾衣。
陈王徒作赋，神女岂同归。好色伤大雅，多为世所讥。

其三

裂素持作书，将寄万里怀。眷眷待远信，竟岁无人来。
征鸿务随阳，又不为我栖。委之在深箧，蠹鱼坏其题。
何如投水中，流落他人开。不惜他人开，但恐生是非。

其四

十五游神仙，仙游未曾歇。吹笙吟松风，泛瑟窥海月。
西山玉童子，使我炼金骨。欲逐黄鹤飞，相呼向蓬阙。

其五

西国有美女，结楼青云端。蛾眉艳晓月，一笑倾城欢。
高节不可夺，炯心如凝丹。常恐彩色晚，不为人所观。
安得配君子，共乘双飞鸾。

其六

嘉谷隐丰草，草深苗且稀。农夫既不异，孤穗将安归？
常恐委畴陇，忽与秋蓬飞。乌得荐宗庙，为君生光辉。

翰林读书言怀，呈集贤诸学士

晨趋紫禁中，夕待金门诏。观书散遗帙，探古穷至妙。
片言苟会心，掩卷忽而笑。青蝇易相点，《白雪》难同调。
本是疏散人，屡贻褊促诮。云天属清朗，林壑忆游眺。
或时清风来，闲倚栏下啸。严光桐庐溪，谢客临海峤。
功成谢人间，从此一投钓。

上崔相百忧章

共工赫怒，天维中摧[①]。鲲鲸喷荡，扬涛起雷。
鱼龙陷人，成此祸胎。火焚昆山[②]，玉石相硊[③]。
仰希霖雨，洒宝炎煨。箭发石开，戈挥日回[④]。
邹衍恸哭，燕霜飒来[⑤]。微诚不感，犹絷夏台[⑥]。

苍鹰搏攫[7]，丹棘崔嵬。豪圣凋枯，王风伤哀。
斯文未丧，东岳岂颓[8]。穆逃楚难[9]，邹脱吴灾[10]。
见机苦迟，二公所咍。骥不骤进，麟何来哉！
星离一门，草掷二孩。万愤结缉，忧从中催。
金瑟玉壶，尽为愁媒。举酒太息，泣血盈杯。
台星再朗，天网重恢。屈法申恩，弃瑕取材。
冶长非罪，尼父无猜。覆盆傥举，应照寒灰。

【注释】

①"共工"二句：《列子》：共工氏与颛顼争为帝，怒而触不周之山，折天柱，绝地维。 ②崑（kūn）山：即昆仑山。 ③磓（duī）：坠落。 ④戈挥日回：《淮南子》：鲁阳公与韩构，战酣，日暮，援戈而挥之，日为之反三舍。 ⑤"邹衍"二句：李善《文选注》：《淮南子》曰：邹衍尽忠于燕惠王，惠王信谮而系之。邹衍仰天而哭，正夏而天为之降霜。 ⑥夏台：狱名。 ⑦苍鹰搏攫：《汉书》：郅都迁为中尉，是时民朴，畏罪自重，而都独先严酷，致行法不避贵戚，列侯宗室见都侧目而视，号曰"苍鹰"。 ⑧"斯文"二句：《礼记》：孔子早作，负手曳杖，逍遥于门，歌曰："泰山其颓乎？梁木其坏乎？哲人其萎乎？"子贡闻之曰："泰山其颓，则吾将安仰？梁木其坏，哲人其萎，则吾将安放？夫子殆将病也。"盖寝疾七日而没。 ⑨穆逃楚难：《汉书》：楚元王以穆生、白生、申公为中大夫，穆生不嗜酒，元王每置酒，常为穆生设醴。及王戊即位，常设，后忘设焉，穆生退曰："可以逝矣，醴酒不设，王之意怠。不去，楚人将钳我于市。"称疾卧。申公、白生强起之，曰："独不念先王之德欤？今王一旦失小礼，何足至此？"穆生曰："《易》称：'知几其神乎？君子见机而作，不俟终日。'先王之所以礼吾三人者，为道之存故也。今而忽之，是忘道也，忘道之人，胡可以久处，岂为区区之礼哉！"遂谢病去。申公、白生独留。王戊稍淫暴，乃与吴通谋。二人谏，不听，胥靡之，衣之赭衣，使杵臼雅舂于市。 ⑩邹脱吴

灾：邹阳，齐人也。仕吴，以文辩著名。吴王以太子事怨望，称疾不朝，阴有邪谋，阳奏书谏，吴王不纳其言，于是邹阳知吴不可说，去之梁，从孝王游。

万愤词投魏郎中

海水渤潏[1]，人罗鲸鲵。蓊胡沙而四塞，始滔天于燕、齐。

何六龙之浩荡，迁白日于秦西。九土星分，嗷嗷凄凄。

南冠君子[2]，呼天而啼。恋高堂而掩泣，泪血地而成泥。

狱户春而不草，独幽怨而沉迷。兄九江兮弟三峡，悲羽化之难齐。

穆陵关北愁爱子，豫章天南隔老妻。

一门骨肉散百草，遇难不复相提携。

树榛拔桂，囚鸾宠鸡。舜昔授禹，伯成耕犁[3]。

德自此衰，吾将安栖。好我者恤我，不好我者何忍临危而相挤。

子胥鸱夷[4]，彭越醢醢[5]。自古豪烈，胡为此繄。

苍苍之天，高乎视低。如其听卑，脱我牢狴[6]。

傥辨美玉，君收白珪。

【注释】

①潏（yù）：水涌出的样子。 ②南冠君子：《左传》：晋侯观于军府，见钟仪，问之曰："南冠而絷者，谁也？"有司对曰："郑人所献楚囚也。"使税之，召而吊之，再拜稽首。问其族，对曰："伶人也。"使与之琴，操南音。公语范文子，文子曰："楚囚，君子也。" ③"舜昔"二句：《庄子》：尧治天下，伯成子高立为诸侯。尧授舜，舜授禹，伯成子高辞为诸侯而耕。禹往见之，则耕在野。禹趋就下风，立而问焉，曰："昔尧治天下，吾子立为诸侯，尧授舜，舜授予，吾子辞为诸侯而耕，敢问其故何也？"子高曰："昔尧治天下，不赏而民劝，不罚而民畏。今

子赏罚而民日不仁，德自此衰，刑自此立，后世之乱自此始矣。夫子阖行耶？无落吾事。”俋俋乎耕而不顾。④子胥鸱夷：《说苑》：吴王赐子胥属镂之剑，曰：“子以此死。”子胥乃自刺杀。吴王取子胥尸，盛以鸱夷，浮之江中。⑤彭越醢醢（hǎi xī）：《史记》：汉诛梁王彭越，醢之，盛其醢，遍赐诸侯。醢醢，肉酱。⑥狴（bì）：牢狱。

荆州贼乱临洞庭言怀作

修蛇横洞庭，吞象临江岛。积骨成巴陵，遗言闻楚老[①]。
水穷三苗国，地窄三湘道。岁晏天峥嵘，时危人枯槁。
思归阻丧乱，去国伤怀抱。郢路方丘墟，章华亦倾倒。
风悲猿啸苦，水落鸿飞早。日隐西赤沙，月明东城草。
关河望已绝，氛雾行当扫。长叫天可闻，吾将问苍昊。

【注释】

①“修蛇”四句：《淮南子》：尧乃使羿断修蛇于洞庭。高诱注：修蛇，大蛇，吞象三年而出其骨之类。《元和郡县志》：昔羿屠巴蛇于洞庭，其骨若陵，故曰巴陵。

听蜀僧濬弹琴

蜀僧抱绿绮，西下峨眉峰。为我一挥手，如听万壑松。
客心洗流水，遗响入霜钟。不觉碧山暮，秋云暗几重。

南奔书怀

遥夜何漫漫，空歌白石烂[①]。宁戚未匡齐，陈平终佐汉[②]。

搀抢扫河、洛，直割鸿沟半。历数方未迁，云雷屡多难。

天人秉旄钺，虎竹光藩翰。侍笔黄金台，传觞青玉案。
不因秋风起，自有思归叹。主将动谗疑，王师忽离叛。

自来白沙上，鼓噪丹阳岸。宾御如浮云，从风各消散。

舟中指可掬，城上骸争爨[③]。草草出近关，行行昧前算[④]。

南奔剧星火，北寇无涯畔。顾乏七宝鞭，留连道傍玩[⑤]。

太白夜食昴，长虹日中贯[⑥]。秦、赵兴天兵，茫茫九州乱。

感遇明主恩，颇高祖逖言[⑦]。过江誓流水，志在清中原。

拔剑击前柱，悲歌难重论。

【注释】

①“遥夜”二句：《孟子疏》：《三齐记》云：齐桓公夜出迎客，宁戚疾击其牛角高歌曰：“南山粲，白石烂，生不遭尧与舜禅。短布单衣适至骭，从昏饭牛薄夜半。长夜曼曼何时旦？”桓公乃与语，悦之，遂以为大夫。 ②陈平终佐汉：《史记》：陈平曰：“臣事魏王，魏王不能用臣说，故去事项王。项王不能信人，其所任爱非诸项即妻之昆弟，虽有奇士不能用，平乃去楚。闻汉王之能用人，故归大王。” ③“舟中”二句：《左传》：楚疾进师，车驰卒奔乘晋军。桓子不知所为，鼓于军中，曰：“先济者有赏。”中军、下军争舟，舟中之指可掬也。又《左传》：华元夜入楚师，登子反之床，起之曰：“寡君使元以病告，曰：敝邑易子而食，析骸以爨。”杜预注：爨，炊也。 ④“草草”二句：《魏书》：东平王道符反于长安，杀雍州刺史鱼元明，关中草草。《洛阳伽蓝记》：洛中草草，犹不自安。《左传》：荐伯玉遂行，从近关出。谢惠连诗：倚伏昧前算。 ⑤“顾乏”二句：《晋书》：王敦将举兵内向，帝密知之，乃乘巴、滇骏马微行，至于湖阴，察敦营垒而出。有军士疑帝非常人。又敦方昼寝，梦日环其城，惊起，曰：“此必黄须鲜卑奴来也。”于是使五骑物色追帝。帝亦驰去，马有遗粪，辄以水灌之。见逆旅卖食妪，以七宝鞭与之，曰：“后有骑来，可以此示也。”俄而追者至，问妪，妪曰：“去已远矣。”因以鞭示之。五骑传玩，稽留遂久。又见马粪冷，以为信远，而止不追。 ⑥“太白”二句：《汉书》：荆轲慕

燕丹之义，白虹贯日，太子畏之。卫先生为秦画长平之事，太白食昴，昭王疑之。应劭曰：燕太子丹质于秦，始皇遇之无礼。丹亡去，厚养荆轲，令西刺秦王，精诚感天，白虹为之贯日也。苏林曰：白起为秦伐赵，破长平军，欲遂灭赵。遣卫先生说昭王益兵粮，为应侯所害，事用不成，其精诚上达于天，故太白为之食昴。昴，赵分也。将有兵，故太白食昴。食者，干历之也。 ⑦颇高祖逖言：《晋书》：祖逖为奋威将军、豫州刺史，渡江，中流击楫而誓曰："祖逖不能清中原而复济者，有如大江。"词色壮烈，众皆慨叹。

题元丹丘颍阳山居

丹丘家于颍阳，新卜别业，其地北倚马岭，连峰嵩丘，南瞻鹿台，极目汝海，云岩映郁，有佳致焉。白从之游，故有此作。

仙游渡颍水，访隐同元君。忽遗苍生望，独与洪崖群。
卜地初晦迹，兴言且成文。却顾北山断，前瞻南岭分。
遥通汝海月，不隔嵩丘云。之子合逸趣，而我钦清芬。
举迹倚松石，谈笑迷朝曛。益愿狎青鸟，拂衣栖江濆①。

【注释】

①濆（fén）：水边。

题瓜洲新河饯族叔舍人贲

齐公凿新河，万古流不绝。丰功利生人，天地同朽灭。
两桥对双阁，芳树有行列。爱此如甘棠，谁云敢攀折。
吴关倚此固，天险自兹设。海水落斗门，潮平见沙汭①。
我行送季父，弭棹徒流悦。杨花满江来，疑是龙山雪。
惜此林下兴，怆为山阳别。瞻望清路尘，归来空寂蔑。

【注释】

①汭（ruì）：河流汇合之处或弯曲之处。

劳劳亭

天下伤心处，劳劳送客亭。春风知别苦，不遣柳条青。

嘲鲁儒

鲁叟谈《五经》，白发死章句。问以经济策，茫如坠烟雾。

足着远游履，首戴方山巾。缓步从直道，未行先起尘。

秦家丞相府，不重褒衣人①。君非叔孙通②，与我本殊伦。

时事且未达，归耕汶水滨。

【注释】

①“秦家”二句：秦家丞相，即李斯。《史记》：丞相谬其说，绌其辞，乃上书：“请诸有文学《诗》《书》百家语者，蠲除去之。令到三十日弗去，黥为城旦。所不去者，医药卜筮种树之书。若有欲学者，以吏为师。”始皇可其议，收去《诗》《书》百家之语，以愚百姓，使天下无以古非今。《汉书》：隽不疑，褒衣博带，盛服至门上谒。 ②君非叔孙通：《史记》：叔孙通使征鲁诸生三十馀人，鲁有两生不肯行，曰：“今天下初定，死者未葬，伤者未起，又欲起礼乐。礼乐所由起，积德百年而后可兴也。吾不忍为公所为，公所为不合古，吾不行，公往矣，无污我。”叔孙通笑曰：“若真鄙儒也，不知时变。”遂与所征三十人西。

观胡人吹笛

胡人吹玉笛，一半是秦声。十月吴山晓，《梅花》落敬亭。

愁闻《出塞》曲，泪满逐臣缨。却望长安道，空怀恋主情。

从军行

百战沙场碎铁衣，城南已合数重围。
突营射杀呼延将，独领残兵千骑归。

春夜洛城闻笛

谁家玉笛暗飞声，散入春风满洛城。
此夜曲中闻《折柳》，何人不起故园情。

宣城见杜鹃花

蜀国曾闻子规鸟，宣城还见杜鹃花。
一叫一回肠一断，三春三月忆三巴。

三五七言

秋风清，秋月明。落叶聚还散，寒鸦栖复惊。
相思相见知何日，此时此夜难为情。

寄远十二首

其一

三鸟别王母，衔书来见过。肠断若剪弦，其如愁思何！
遥知玉窗里，纤手弄云和。奏曲有深意，青松交女萝。
写水山井中，同泉岂殊波。秦心与楚恨，皎皎为谁多？

其二

青楼何所在？乃在碧云中。宝镜挂秋水，罗衣轻春风。
新妆坐落日，怅望金屏空。念此送短书，愿因双飞鸿。

其三

本作一行书，殷勤道相忆。一行复一行，满纸情何极。
瑶台有黄鹤，为报青楼人。朱颜凋落尽，白发一何新。

自知未应还，离居经三春。桃李今若为，当窗发光彩。
莫使香风飘，留与红芳待。

其四

玉箸落春镜，坐愁湖阳水。闻与阴丽华，风烟接邻里。
青春已复过，白日忽相催。但恐荷花晚，令人意已摧。
相思不惜梦，日夜向阳台。

其五

远忆巫山阳，花明渌江暖。踌躇未得往，泪向南云满。
春风复无情，吹我梦魂断。不见眼中人，天长音信短。

其六

阳台隔楚水，春草生黄河。相思无日夜，浩荡若流波。
流波向海去，欲见终无因。遥将一点泪，远寄如花人。

其七

妾在春陵东，君居汉江岛。百里望花光，往来成白道。
一为云雨别，此地生秋草。秋草秋蛾飞，相思愁落晖。
何由一相见，灭烛解罗衣。

其八

忆昨东园桃李红碧枝，与君此时初别离。
金瓶落井无消息，令人行叹复坐思。
坐思行叹成楚、越，春风玉颜畏销歇。
碧窗纷纷下落花，青楼寂寂空明月。
两不见，但相思，空留锦字表心素，至今缄愁不忍窥。

其九

长短春草绿，缘阶如有情。卷葹心独苦，抽却死还生。
睹物知妾意，希君种后庭。闲时当采掇，念此莫相轻。

其十

鲁缟如玉霜，笔题月支书。寄书白鹦鹉，西海慰离居。
行数虽不多，字字有委曲。天末如见之，开缄泪相续。

泪尽恨转深，千里同此心。相思千万里，一书值千金。

其十一

美人在时花满堂，美人去后馀空床。
床中绣被卷不寝，至今三载闻馀香。
香亦竟不灭，人亦竟不来。
相思黄叶落，白露湿青苔。

其十二

爱君芙蓉婵娟之艳色，若可餐兮难再得。
怜君冰玉清迥之明心，情不极兮意已深。
朝共琅玕之绮食，夜同鸳鸯之锦衾。
恩情婉娈忽为别，使人莫错乱愁心。
乱愁心，涕如雪，
寒灯厌梦魂欲绝，觉来相思生白发。
盈盈汉水若可越，可惜凌波步罗袜。
美人美人兮归去来，莫作朝云暮雨兮飞阳台。

长门怨二首

其一

天回北斗挂西楼，金屋无人萤火流。月光欲到长门殿，别作深宫一段愁。

其二

桂殿长愁不记春，黄金四屋起秋尘。
夜悬明镜青天上，独照长门宫里人。

陌上赠美人

骏马骄行踏落花，垂鞭直拂五云车[①]。
美人一笑褰珠箔，遥指红楼是妾家。

【注释】

①五云车:《真诰》:赤水山中学道者朱孺子,八月五日,西王母遣迎,即日乘五色云车登天。

怨情

美人卷珠帘,深坐颦蛾眉。但见泪痕湿,不知心恨谁。

学古思边

衔悲上陇首,肠断不见君。流水若有情,幽哀从此分。
苍茫愁边色,惆怅落日曛。山外接远天,天际复有云。
白雁从中来,飞鸣苦难闻。足系一书札,寄言难离群。
离群心断绝,十见花成雪。胡地无春晖,征人行不归。
相思杳如梦,珠泪湿罗衣。

思边

去年何时君别妾,南园绿草飞蝴蝶。今岁何时妾忆君,西山白雪暗秦云。

玉关去此三千里,欲寄音书那可闻!

别内赴征三首

其一

王命三征去未还,明朝离别出吴关。白玉高楼看不见,相思须上望夫山。

其二

出门妻子强牵衣,问我西行几日归。归时倘佩黄金印,莫见苏秦不下机①。

【注释】

①莫见苏秦不下机:《战国策》:苏秦说秦王,书十上而说不

行，去秦而归。至家，妻不下纴，嫂不为炊，父母不与言。

其三

翡翠为楼金作梯，谁人独宿倚门啼。
夜坐寒灯连晓月，行行泪尽楚关西。

赠内

三百六十日，日日醉如泥。虽为李白妇，何异太常妻[①]？

【注释】

①太常妻：《后汉书》：周泽为太常，清洁循行，尽敬宗庙。常卧病斋宫，其妻哀泽老病，窥问所苦。泽大怒，以妻干犯斋禁，遂收送诏狱谢罪。当世疑其诡激，时人为之语曰："生世不谐，作太常妻，一岁三百六十日，三百五十九日斋，一日不斋醉如泥。"

南流夜郎寄内

夜郎天外怨离居，明月楼中音信疏。
北雁春归看欲尽，南来不得豫章书。

越女词五首

其一

长干吴儿女，眉目艳星月。屐上足如霜，不着鸦头袜。

其二

吴儿多白皙，好为荡舟剧[①]。卖眼掷春心，折花调行客。

【注释】

①好为荡舟剧：《史记》：齐桓公与蔡女戏船中，夫人荡舟，桓公止之不止。

其三

耶溪采莲女，见客棹歌回。笑入荷花去，佯羞不出来。

其四

东阳素足女，会稽素舸郎。相看月未堕，白地断肝肠。

其五

镜湖水如月，耶溪女如雪。新妆荡新波，光景两奇绝。

巴女词

巴水急如箭，巴船去若飞。十月三千里，郎行几岁归？

哭晁卿衡

日本晁卿辞帝都，征帆一片绕蓬壶。
明月不归沉碧海，白云愁色满苍梧。

哭宣城善酿纪叟

纪叟黄泉里，还应酿老春。夜台无晓日，沽酒与何人？